KB272670

구도자를 위한 번역 선집 4

장자 잡편

글터

구도자를 위한 번역 선집을 내면서

삼공 김태영 선생님은 자력으로 마음, 기, 몸을 닦는 수행체계인 삼공 선도를 정립하시고 『선도체험기』를 쓰셨다. 이 『선도체험기』는 선도수련 과정에 일어난 모든 체험을 소설화하여 구체적으로 묘사한 120권의 역작으로, 1990년부터 2020년까지 나왔다.

삼공 선생님의 분신과도 같은 『선도체험기』는 103권까지 절판되어 구하기 어렵다. 또한 바쁜 현대인이 많은 분량의 책을 구해 읽기 어려운 상황임을 감안하여, 『선도체험기』의 수련에 관한 주요 내용을 간추려 『약편 선도체험기』 30권을 편찬하였다.

그런데 『선도체험기』에는 불교, 유교, 기독교의 경전 등 수행에 도움이 되는 책들을 선생님께서 번역하시고 설명을 붙이신 내용이 다수 실려 있다. 절판으로 인해 대부분의 번역이 사장되어 있는 게 안타까워 『약편 선도체험기』 간행 사업이 완료되면 별도로 책으로 내고자 했다.

2026년은 선생님의 5주기가 되는 해이다. 이를 기념하고자 번역 선집을 만들게 되었으니, 『선도체험기』 104권부터 선생님의 모든 책을 간행해 주신 출판사 사장님의 의지와 후의 덕분이다. 번역 선집은 아래와 같은 내용으로 9권을 구성하였다. 서명 옆의 괄호 숫자는 해당 번역이 실린 『선도체험기』의 권수이다.

1권 : 업보차별경(39), 금강경과 반야심경(41), 육조단경(46), 법구경(50)

2권 : 도덕경(40), 장자 내편(47)

3권 : 장자 외편(48)

4권 : 장자 잡편(49)

5권 : 중용(42), 논어(51)

6권 : 맹자(52)

7권 : 대학(42), 소학(80)

8권 : 마태복음(45), 요한복음(54), 도마복음(58)

9권 : 명심보감(44), 손자병법(94)

참고로 『선도체험기』 20권에 있는 『삼일신고』 43권에 있는 『채근담』 78권에 있는 『용호비결』 등의 번역문은 차례대로 『구도자 요결』, 『약편 선도체험기』 28권과 17권에서 볼 수 있다.

위와 같이 번역 선집을 준비함에 있어서, 한글세대 독자를 고려하여 원고상의 한자를 배제하되 이해를 돕기 위해 그대로 두기도 했다. 또한 일부 문구를 수정함으로써 가독성이 향상되도록 기했다.

교열의 경우 대명, 별빛자, 혜연, 동지, 덕암, 소연 등 신삼공재 수행자들이 수고를 마다하지 않음에 고마운 마음을 전한다.

더불어 이번 사업에 관심을 보여 준 분들께, 그리고 번역 선집을 간행해 주시는 출판사 글터의 한신규 사장님께도 감사드린다.

2026년 2월 25일

조 광

차례

장자 잡편

선도체험기 49권을 내면서

『선도체험기』 49권에는 『장자』 잡편이 실려 나간다. 이로써 『장자』는 『선도체험기』 47권의 내편, 48권의 외편에 이어 이번에 완결을 보게 되었다. 만물제동, 생사일여가 장자의 중심 사상임은 이미 밝힌 바 있다.

그런데 내편에서 인간의 행불행은 외부 조건에도 달려 있다고 씌어 있었다. 그러나 그 사상이 외편에 들어오면서 점차 바뀌게 되었다. 인간의 행불행은 외물이 아니라 전적으로 내부에 달려 있다는 것이다. 외편의 이러한 변천 과정은 잡편에 들어오면서 더욱더 그 심도를 더해 갔다.

결국 만사는 마음먹기에 달려 있다는 쪽으로 굳혀지게 되었다. 사람이 바로 하늘이요 우주 자체라는 것이다. 우리들 각자가 곧 우주의식이요 신이라는 뜻이다. 실로 괄목할 만한 변천이요 진화가 아닐 수 없다. 따라서 잡편은 『장자』의 완결편인 것이다. 이로써 장자는 인류가 도달한 최고의 의식 수준에 드디어 진입한 것이다.

단기 4332(1999)년 9월 27일
서울 강남구 논현동 우거에서
김태영 씀

제23부 경상초(庚桑楚)

1

노자의 제자에 경상초라는 사람이 있었다. 노자의 도의 한 부분을 터득한 후 북쪽의 외루산(畏壘山)에 들어가 살았다. 그런데 그는 하인들 중에서 똑똑하고 분별력 있는 자는 내보내고 하녀들 중에서도 고분고분하고 착한 아이들도 쫓아 버리고, 무뚝뚝한 사람들과 같이 사는가 하면 순박한 사람들만을 부리고 있었다.

이러한 생활을 3년간 하고 보니 외루산 일대 사람들의 살림은 제법 풍족해졌다. 그러자 그곳 사람들은 서로 다음과 같은 의논을 했다.

"경상초가 처음 이곳으로 이사 왔을 때 우리는 놀라기도 하고 이상하게 여기기도 했었지. 그러나 그 후 우리들의 살림은 하루하루를 헤아려보면 분명 모자랐건만 한 해를 통틀어 계산해 보면 남아돌게 되었지. 저분은 성인이 아닐까? 우리 한번 저분을 신(神)으로 받들고 사직(社稷)의 수호신으로 모시는 것이 어떨까?"

이 말을 전해 들은 경상초는 남향해 앉은 채 무엇인가 석연치 않은 표정이었다. 수상하게 여긴 제자가 물었더니 경상초가 대답했다.

"너희들은 왜 나를 수상쩍게 여기느냐? 무릇 봄기운이 돌면 온갖 초목이 싹 트고 가을이 되면 모든 열매가 영근다. 그러나 봄이나 가을이라고 해서 자연의 법칙에 의거하지 않고 그런 능력이 발휘될 수 있겠느냐. 이 가을이 풍족하게 된 것도 천도(天道)가 작용한 탓이지 나 때문은 아니다.

나는 다음과 같은 말을 들었다.

'지인(至人)은 조그만 방에서 고요히 살 뿐 남의 일에 간섭하지 않으며, 백성들은 마음대로 행동하면서도 무엇이 도인지 모른다.'

그런데 이제 하찮은 마을의 무리들이 저희들끼리 수군대더니 나를 현인들의 반열에 올려놓고 떠받들려 하고 있다. 그렇게 되면 나는 사람들의 눈에 띄는 목표가 되지 않겠느냐. 그건 노자의 가르침을 받드는 나에게는 면목도 없을뿐더러 마음이 석연치 못한 것이다."

2

제자가 말했다.

"그렇지 않습니다. 좁은 도랑에서는 큰 고기도 제대로 운신을 못 하므로 작은 고기들에게도 지고 맙니다. 낮고 작은 언덕에선 큰 짐승이 몸을 숨길 곳이 없어서 간사한 여우에게도 속게 마련입니다.

그러므로 제아무리 위대한 인물이라도 그 사람에게 어울리는 지위나 환경이 주어져야 제 능력을 마음껏 발휘할 수 있는 법입니다. 더군다나 현인을 존경하고 능력 있는 사람에게 합당한 지위를 주고, 착한 사람을 우선적으로 대우하고 공공의 이익에 합당한 자를 편드는 것은 요순시절부터 있어 온 일입니다.

사정이 이러하여 외루의 백성들이 선인들의 전철을 밟은 것은 지극히 당연한 일이 아니겠습니까? 선생님께서는 그들의 청을 물리치지 않으시는 것이 좋을 것입니다."

경상초가 말했다.

"너는 좀더 가까이 다가와서 내 말을 들어 보아라. 마차라도 삼킬 만한 큰 짐승도 짝을 잃고 혼자 산을 떠나면 그물에 걸리는 화를 면하기 어렵고, 배를 삼킬 만한 큰 고기도 한번 뛰어서 뭍에 오르고 나면 개미한테조차 시달림을 당해야 한다.

그러니까 새나 짐승은 높은 산에 살기를 마다하지 않고, 고기나 자라는 깊은 물속을 싫어하지 않는다. 이와 마찬가지로 자기 몸의 생명을 온전히 보호하려는 사람은 자기 몸을 될수록 깊은 산속에 숨기려 하는 것이다.

더군다나 저 요순쯤이야 어찌 찬양받을 만한 인물이라고 할 수 있겠느냐? 그들은 고작 시비선악의 분별에 얽매인 사람들이었다. 그들이 하는 짓이란 담을 헐고 쑥을 무성케 하는 것이 고작이었다. 좀더 구체적으로 비유하자면 머리칼을 한 올 한 올 골라 빗질을 하고, 쌀을 한 톨 한 톨 헤아리면서 밥을 짓는 것과 같이 민망스러웠다. 그런 좀스러운 방법으로 어떻게 세상을 구제할 수 있단 말이더냐?

현인을 등용하면 백성들은 서로 현인이 되려고 다투게 되고, 지모(智謀) 있는 자에게 정사를 맡기면 백성들은 서로 지모 있는 자가 되려고 애쓰다가 도둑질까지 하게 된다. 이런 것은 백성들을 편안하게 해 주는 방법이 될 수 없다.

원래 백성들은 이익을 추구하는 데만 열중하는 버릇이 있다. 그래서 이익을 위해서라면 자식이 아비를 죽이고 신하가 임금을 죽이는 일도 있다. 백주에 도둑질을 하는가 하면 남의 집에 구멍을 뚫고 숨어 들어가는 자도 있게 마련이다.

나는 진실로 너희들에게 말한다. 이렇게 크게 어지러워진 근본은 선악을 가르친 요순에게서 비롯된 것이다. 그 여파는 천대(千代) 후까지 계속될 것이다. 그때쯤 되면 아마도 사람과 사람이 서로 잡아먹고 먹히는 일도 있을 것이다."

3

경상초의 제자인 남영주(南榮趎)는 그 말을 듣자 자기도 모르게 자세를 바로 하고 말했다.

"저는 이미 나이가 들 만큼 들었습니다. 어떻게 공부해야 선생님의 말씀을 이해할 수 있겠습니까?"

"네가 자연에서 받은 몸을 완전히 보존하고 타고난 생명을 잘 지켜 나가도록 하라. 그리고 이것저것 생각하는 일 없이 3년쯤 지나면 내 말을 알아듣게 될 것이다."

남영주가 말했다.

"눈의 겉모양은 여느 사람과 다름이 없지만 장님은 사물을 보지 못합니다. 귀의 겉모양 역시 귀머거리와 보통 사람들과는 다른 점이 없습니다. 그러나 귀머거리는 소리를 듣지 못합니다. 마음의 생김새는 미친 사람도 우리들과 다름이 없습니다. 그러나 미친 사람은 사리 분별을 제대로 하지 못합니다.

저의 외모 역시 다른 사람과 별로 큰 차이가 없습니다. 그러나 무엇이 이 둘을 갈라놓는지 모르겠습니다. 저는 도를 구하려 해도 끝내 뜻을 이루지 못했습니다. 이제 선생님께서는 자연에서 받은 몸을 온전히 보존하고 타고난 생명을 잘 지키면서 이것저것 생각하는 일이 없도록 하라고 저에게 말씀하셨습니다.

저는 힘써 그대로 실행하려 합니다만 역시 귀로 듣는 데만 그쳤을 뿐 마음으로는 깨닫지 못했습니다.”

경상초가 말했다.

“나는 이제 더이상 어떻게 할 수가 없구나. 속담에도 ‘땅벌은 콩 속에 있는 푸른 벌레를 기르지 못하고, 월나라의 작은 닭은 따오기의 알을 까지 못한다. 그러나 몸집이 큰 노나라의 닭은 그것을 할 수 있다’는 말이 있다.

다 같은 닭이니까 그 덕에는 별 차이가 있을 수 없지만 그 능력에 차이가 있는 것은 그 재주에 크고 작은 등급이 있기 때문이다.

내 재주는 역시 보잘것없으니 이 이상 자네를 가르칠 능력이 없구나. 자네는 남쪽으로 가서 노자를 찾아뵙는 것이 어떻겠는가?”

〈해설〉

‘자연에서 받은 몸을 완전히 보존하고 타고난 생명을 잘 지키고 이것저것 생각하지 말라’는 것이 경상초가 제자인 남양주에게 가르친 방편의 전부다. 제자의 근기와 능력에 따라 다양한 방편을 제공해야 하는데 오직 위에 말한 한 가지 방편에만 의존하려 했던 것이 돋보인다.

결국은 제자를 가르치는 데 한계를 느낀 경상초는 자신의 무능을 시인하고 그 바통을 노자에게 넘겨 버리고 만다.

참고로 하근기와 중근기에게 적합한 수행 방편에는 기도, 염불, 주문,

찬송, 찬불, 예불과 같은 타력적인 것이 있는가 하면, 주로 상근기에 적합한 방편들에는 단전호흡, 명상, 관찰, 자기 성찰, 참선, 화두, 마음공부, 기공부, 몸공부 같은 적극적이고 자력적인 것들도 있다. 장자 시대에는 아직 이러한 다양한 방편이 개발되기 전이었다.

어떤 방편을 택하든 그것은 전적으로 수행자 자신에게 달려 있다. 요컨대 흔들림 없는 부동심을 얻을 수 있다면 그 사람은 이미 견성, 성통, 해탈의 경지에 접어들었다고 할 수 있다. 선도에서 단전호흡과 자기 성찰과 몸공부를 가장 중요시하는 것도 알고 보면 그것들이 부동심을 얻는 데 가장 효과적이기 때문이다.

맑고 잔잔하고 고요한 호수는 깊은 밑바닥까지 환히 들여다보이듯이, 마음이 흔들리지 않고 평온해야 도와 진리와 세상과 우주의 이치가 환히 보이는 것이다.

4

남영주는 식량을 꾸려갖고 밤낮 7일 동안을 여행한 끝에 노자가 있는 곳에 찾아가 그에게 인사를 했다. 그러자 노자가 물었다.

"경상초한테서 왔다고?"

남영주가 공손히 대답했다.

"그렇습니다."

노자가 말했다.

"그런데 자네는 왜 그렇게 많은 사람과 같이 왔는가?"

남영주는 깜짝 놀라서 뒤를 돌아보았다. 물론 거기엔 같이 온 사람이 있을 리가 없었다.

"자네는 내가 한 말의 뜻을 모르는 것 같군."

남영주는 창피한 생각이 들어 얼굴이 붉어졌지만 곧 마음을 가라앉히고 노자를 우러러보면서 자탄하듯 말했다.

"무슨 말씀을 드려야 할지 모르겠습니다. 뜻밖의 질문을 받고 보니 여쭈어보고자 했던 말까지도 몽땅 다 잊어버렸습니다."

노자가 말했다.

"무슨 말인가?"

남영주는 간신히 생각해 냈다.

"세상 사람들은 저에게 지식이 없다고 저를 어리석다고 비웃습니다. 그렇다고 해서 제가 지식을 넓히다가 보면 이번에는 저 스스로 고민에 빠지게 됩니다. 또 저에게 동정심이 없으면 남을 해치게 되고 동정심이 있으면 이번에는 저 자신이 괴로움에 빠지게 됩니다. 의롭지 않으면 남을 상하게 되고 의로우면 도리어 저 자신을 괴롭히게 됩니다.

저는 어떻게 해야 이 고민에서 벗어날 수 있겠습니까? 지식, 어짊, 의로움이 제 고민거리입니다. 이 문제를 해결하고자 경상초 선생님의 소개로 선생님을 찾아뵙게 되었습니다."

노자가 말했다.

"아까 나는 자네 얼굴을 보고 자네가 어떤 사람인지 대강 눈치를 챘다. 이제 또 자네의 말을 듣고 내가 예상한 그대로라는 것을 알아냈다. 자네는 여러 가지로 마음을 쓰고 있지만, 그것은 마치 부모 잃은 아이가 작대기를 들고 부모를 찾겠다고 바닷물을 휘젓는 것과 흡사하다.

자네는 돌아갈 집을 잃은 사람처럼 어쩔 줄을 모르는 것 같다. 자기 본성으로 돌아가려고 해도 어디로 해서 돌아가야 할지 모르는 불쌍한 사람과 같다."

〈해설〉

남영주를 처음 본 노자는 왜 그렇게 많은 사람과 같이 왔는가 하고 물었지만 남영주는 무슨 뜻인지 몰라 어리둥절했다. 노자는 남영주의 안색을 보고 무슨 근심 걱정을 그렇게 많이 달고 다니느냐는 말을 그렇게 표현했거나 그에게 달려 있는 빙의령들을 보고 그렇게 말했는지도 모른다. 어쨌든 선문답을 연상시킨다.

5

남영주는 숙소에 물러가 쉬고 싶다고 했다. 이렇게 하여 그는 자기가 원하는 도를 구하고 싫어하는 분별을 없애기 위해서 열흘 동안을 애쓴 끝에 다시 노자를 찾았다.

노자가 말했다.

"자네는 자기 마음의 때를 씻는 일에 어느 정도 성공한 것 같다. 발랄한 생기가 풍기고 있다. 그러나 마음속에는 아직도 축축한 습기처럼 나쁜 기운이 서려 있다.

바깥 사물에 눈과 귀를 혹사하는 사람은 욕망에 끌려다니므로 자기 자신을 다스리지 못한다. 그런 사람은 외물(外物) 때문에 마음이 어지러워지지 않도록 마음을 안에 가둬 둘 필요가 있다.

또 안에 있는 마음에 얽매여 있는 사람은 점이나 미신에 사로잡혀 자기를 통제하지 못한다. 이런 사람은 마음의 혼란으로 오관(五官)이 교란되지 않도록 외부에 이목이 집중되지 않게 해야 한다.

이처럼 밖으로 이목에 얽매이고 안으로 분별에 사로잡힌 사람은 비록 무위자연의 도덕을 체득한 사람이라도 구출해 내기가 어렵다. 그런 사람이 어찌 무위의 도를 따라 이 세상을 살아갈 수 있겠는가."

남영주가 말했다.

"어떤 시골 사람이 병에 걸렸습니다. 같은 마을에 사는 사람이 문병을 갔더니 그는 자신의 병에 대하여 설명을 했습니다. 그러나 사실 그 환자는 자신이 설명한 병에는 아직 걸리지 않았던 것입니다.

제가 지금 선생님의 대도(大道)에 대한 가르침을 듣는다면 그 병자와 같이 자기 병을 착각하고 있는 정도가 아니라, 무슨 병이 걸렸는지도 모르면서 약부터 먹어 병을 악화시켰듯이 저 자신의 미혹을 더욱 깊게 할 뿐입니다.

저는 대도에 관한 가르침은 이해조차 하기 어려우니 부디 이 괴로움에서 벗어날 수 있는 양생의 길에 대해서 말씀해 주시기 바랍니다."

노자가 말했다.

"양생의 길이란 이런 것이다. 절대적인 도를 체득하여 이것을 잃지 않도록 할 것. 점 따위로 길흉을 판단하지 말고 분수를 지킬 것. 과거에 연연하지 말고, 남에게서 칭찬받기를 원하지 말고 스스로 반성할 것. 유연하여 사물에 얽매이지 말고 무심하게 모든 것을 망각할 것. 요컨대 갓난애처럼 되어야 한다.

갓난애는 종일 울어도 목이 쉬는 일이 없다. 희로애락의 정에 얽매이지 않고 유화(柔和)의 극치에 있기 때문이다. 또 하루 종일 손을 쥐고 있어도 관절이 굳어져서 움직이지 않는 일이 없다. 왜냐하면 자연의 작용 속에 살기 때문이다.

또 온종일 눈을 뜨고 있어도 눈을 깜짝이는 일이 없다. 외부의 사물에 얽매여 주시하는 일이 없기 때문이다. 갓난애는 어디를 가든지 목적지가 없고 가만히 있어도 무엇을 해야겠다는 의식이 없다. 만물에 순응하여 움직이고 자연의 추이에 모든 것을 맡기는 것이야말로 진정한 양생의 길이다."

"그렇다면 지인의 덕은 지금 하신 말씀으로 끝나는 것인지요?"

"그렇지 않다. 이건 자네의 얼어붙은 마음을 풀어 준 것에 지나지 않는 인위적인 가르침일 뿐이다. 지인이란 다른 사람들과 함께 이 세상을 살아가며 그들과 더불어 무위자연을 즐긴다. 사람이나 물질이나 이해타산 따위로 평화스러운 마음을 어지럽히는 일이 없고, 괴상한 일이나 책략이나 인위적인 일을 일체 하지 않으며 유연하게 가고 무심하게 돌아오는 것뿐이다. 이것을 양생의 길이라고 한다."

"그럼 방금 말씀해 주신 것이 최고의 도입니까?"

"아니 아직 멀었다. 나는 아까도 자네에게 갓난애처럼 되라고 일렀다. 갓난애는 움직여도 무엇을 한다는 의식이 없고, 가도 어디로 간다는 생각이 없다. 그 몸은 고목가지 같아서 무엇에도 영향을 받지 않으며 마음은 식은 재와 같다.

이런 상태라면 화도 일어나지 않고 복도 찾아오지 않을 것이다. 화복도 침범 못 하는데 어떻게 사람에게서 재앙을 당하는 일이 있겠는가?

6

정신이 확고하게 안정되면 자연의 지혜(天光)가 생길 것이다. 자연의 지혜가 생기면 사람은 자기의 진실한 모습을 드러낼 것이다. 덕을 닦은 사람은 그 후 항구불변의 도를 얻게 된다. 이 도를 얻은 사람을 백성들이 사모하여 그에게 모여든다.

하늘도 그를 돕게 된다. 백성들이 모여들게 하는 사람을 일컬어 '하늘의 백성(天民)'이라고 하고, 하늘의 도움을 받는 사람을 일러 '하늘의 아들(天子)'이라고 한다.

7

세상 사람들은 배울 수 없는 것을 배우려 하고, 일을 실행하는 사람들은 실행할 수 없는 일을 실행하려 하고, 변론가들은 변론할 수 없는 일을 변론하려 한다. 그러나 자기의 한계를 아는 것이 중요하다.

지혜로운 사람이라고 해도 자기가 알 수 없는 한계에 도달하면 멈추어 서는 것이 현명하다. 만약 이렇게 하지 않을 경우 자연의 균형(天均)인 본성이 손상을 입게 된다.

어떤 것에라도 순응하는 마음으로 만물의 다양한 모습을 그대로 받아들이고, 인위적인 생각을 떠나 자연 그대로의 마음을 지니고, 안에 있는 본연의 지혜를 잘 보호하여 거기서부터 밖에까지 영향이 미치도록 해야 한다.

이렇게 했는데도 온갖 불행이 닥쳐온다면 그것은 운명일 뿐 인력으로 해결할 수 있는 것이 아니다. 그러므로 어떤 불행도 마음의 안정을 해치도록 해서는 안 된다. 마음속에까지 근심 걱정이 침입하도록 허용해서는 안 된다는 말이다.

자기 속에 있는 본성에 물어보지도 않고 방종한 짓을 자행한다면 결국은 화를 불러들일 것이다. 또 밖에서 일어나는 일에 마음을 빼앗긴다면 자기중심이 흔들리게 될 것이다. 중심이 흔들리기 시작하면 악에 물들게 된다. 만약에 그 악을 남의 눈에 띄는 곳에서 자행하면 사람들에게서 벌을 받게 될 것이다.

만약에 그 악을 남의 눈에 띄지 않는 곳에서 저지르면 귀신이 벌을 내리게 될 것이다. 그러므로 사람에 대해서나 귀신에 대해서나 부끄러움이 없는 공명정대한 마음을 가진 사람만이 떳떳하게 살아갈 수 있다.

자기 속에 있는 본성에 어울리는 행동을 하는 사람은 도에 합치하게 된다. 그러나 자기 밖에 있는 외물에 맞추어 행동하는 사람은 악착같이 재물을 탐하게 된다.

도에 의거해 행동하는 사람에게는 항상 큰 광명이 따르며, 악착스럽게 재물을 탐하는 사람은 부도덕한 장사치와 다를 것이 없다. 그러므로 도를 따르는 사람은 비록 남이 보기에 위험천만한 일을 하는 것 같아도 그 자신은 항상 태연할 수 있는 것이다.

만물에 대하여 허심탄회한 사람에게는 만물이 스스로 모여들지만, 사물에 거역하는 사람은 자기 몸조차 보전하지 못한다. 그러한 사람이 어떻게 남의 잘못을 용납할 수 있겠는가. 남을 용납하지 못하는 사람에게는 친한 사람이 있을 수 없으며, 친한 이가 없으면 모두가 남일 뿐이다.

남을 해치는 도구 중에는 마음이 가장 잔인하다. 막야(鏌鋣)와 같은 칼도 마음에는 못 미친다. 또 재앙을 가져오는 것으로는 음양의 두 기운만한 것이 없다. 이 천지 사이에는 그것으로부터 도망칠 만한 곳은 아무데도 없다. 그러나 이 음양의 두 기운도 그 자체가 사람을 해치는 것은 아니고 그 밑바탕에는 마음이 작용하고 있는 것이다.

8

만물의 근원인 도(道)는 자기에게서 갈라져 나간 개개의 존재들을 똑같이 다스리고 있다. 그런데도 도에서 갈라져 나간 존재들은 아직도 도의 지배를 받고 있다는 사실을 망각한 채, 제각기 자기가 완성된 독립체인 양 착각하고 있다는 데 문제가 있다. 분수를 모르는 짓이 아닐 수 없다.

사람에게는 제각기 자기 분수라는 것이 있는데도 불구하고 이것을 인정하려 하지 않고, 수행도 하지 않은 채 자기의 분수 이상의 것을 바라는 경향이 있다. 그러한 사람들은 이것을 자기 안에서는 구하려 하지 않고 밖에서만 구하려고 한다.

이처럼 사람들은 밖으로만 마음이 달리고 안에 있는 자기의 진실된 모습으로 돌아가려 하지 않는다. 이것은 알고 보면 진정한 자기 생명을 상실하고 죽음으로 접근해 가는 것과 같다. 비록 외부에서 무엇을 추구하여 손에 넣는다 해도 그것은 결국 죽음에 지나지 않는다.

본성은 사라지고 육체만 남아 있는 것은 죽은 사람과 다름이 없다. 사람은 비록 사람으로서의 형태를 갖게 마련이지만 그러한 형태에 얽매이지 않고 보이지 않는 무형의 도를 본받을 때 그의 마음은 무한한 안정을 찾게 되는 것이다.

사람이 이 세상에 태어났다고 해도 이것이 바로 그대가 태어난 근본 바탕이라고 구체적으로 제시할 수 있는 것이 있는 것도 아니다. 그렇다고 해서 죽음이 임박했을 때 이것이 바로 사후에 당신이 들어갈 구멍이라고 말할 수 있는 것이 있느냐 하면 그렇지도 않다.

다만 삶과 죽음을 조종하는 도는 실재하는 것으로 보이지만 그것이 어디에 있다고 단정할 수도 없다. 도의 작용은 고금을 통하여 영원한 것으로 보이지만 아무리 찾아도 그 처음과 끝을 발견할 수 없다.

돌아갈 구멍은 보이지 않지만 도의 작용을 보고 그 실재성만은 인정하지 않을 수 없다. 이처럼 실제로 작용은 하면서도 일정한 곳에 멈추는 일이 없이 모든 곳에 두루 존재하는 곳이 바로 공간(宇)이다. 그리고 그 작용이 영원하여 시작도 끝도 없는 것이 바로 시간(宙)이다.

이 공간과 시간에 입각한 도의 작용에 의해 삶이 있고 죽음이 있으며, 생성이 있고 사멸이 있다. 도는 이처럼 작용은 하면서도 형체는 없다. 이것을 천문(天門)이라 한다. 이 천문은 무(無) 그 자체를 말한다. 만물은 바로 이 무에서 나온다.

왜 그럴까? 유(有)에서는 유를 만들어 낼 수 없기 때문이다. 그러므로 유는 반드시 무에서 나오게 되어 있다. 지금 말하는 무는 유무가 대립하는 무가 아니라 절대적인 무다. 성인은 바로 절대적 무 속에 몸을 감춘다.

〈해설〉

고대인들은 물질을 유, 비물질을 무라고 했다. 현대 물리학은 물질을 끝까지 분석해 들어가면 분자 원자를 거쳐 현대 과학으로는 더이상 분석할 수 없는 소립자의 경지까지 밝혀냈다. 그런데 이 소립자는 물질도 비물질도 아닌 한갓 에너지의 파동체라고 한다. 바로 이 에너지의 파동체가 그 소임을 다하면 결국은 완전한 비물질인 무로 돌아간다.

그러나 과학이 발달되지 않았던 2천5백 년 전 장자가 살던 시대의 지식인들은 유의 근원이 무라는 것을 순전히 직관과 사색의 힘으로 알아내었다. 즉 유의 근원을 유에 돌릴 수는 없었던 것이다. 유의 근원을 유에 돌리는 한 아무리 추구해 나가도 유밖에는 나오지 않으므로 이 문제는 영원히 해결되지 않기 때문이다.

따라서 만물의 근원은 유 아닌 무가 될 수밖에 없었던 것이다. 그렇다면 이 무가 윗글에서 나온 것처럼 유무 대립을 초월한 절대적인 무일 수 있을까? 그렇지는 않다고 본다. 왜냐하면 무라는 것은 유를 전제로 하기 때문이다.

유가 없으면 무도 있을 수 없는 것이다. 무라는 개념은 유를 전제로 생겨난 것이므로 절대 무라는 것은 있을 수 없다. 그러므로 유는 무이고 무는 유라는 엄연한 상대적 관계를 무시한 말밖에는 안 된다.

또한 윗글에서는 유는 무라는 것은 인정했으면서도 무가 유라는 것은 아직 깨닫지 못했다. 만물은 하나라는 것까지는 알아냈는데, 하나는 만물이라는 것까지는 알아내지 못했던 것이다.

다시 말해서 색즉시공(色卽是空)까지는 겨우 알아냈는데, 미처 공즉시색(空卽是色)까지는 알아내지 못했던 것이다.

9

옛사람들 중에는 그 지혜가 최고의 경지에까지 도달한 이들이 있었다. 그렇다면 구체적으로 어디까지 도달했을까? 처음부터 어떠한 사물도 존재하지 않았다고 생각한 사람이 있었다. 그러나 이것은 지극한 최고의 경지여서 더이상 말할 여지가 없다.

그다음 단계의 사람은 사물의 존재는 인정했지만, 삶은 도의 상태가 상실된 것이고 죽음은 도의 원 상태인 무로 돌아가는 것이라고 생각했다. 이것은 비록 삶과 죽음을 구분하기는 했지만 둘을 같은 것으로 본 점에서 탁월한 견해라고 할 수 있다.

그다음 사람은 최초에는 무(無)뿐이었지만 거기에서 생(生)이 나왔으며, 이 생은 어느 순간에 갑자기 죽음으로 돌아간다고 생각했다. 다시 말해서 무는 머리요 생은 몸이고 죽음은 운명이라고 간주한 나머지 그 누가 유와 무, 생과 사가 일체임을 알 것인가. 그런 사람이 있으면 그와 기꺼이 친구가 되겠다고 했다.

이상과 같은 세 가지 입장은 비록 약간의 차이가 있긴 하지만 그 정도는 왕가(王家)와 종실(宗室) 같은 것이었다. 실례로 초(楚)나라의 종실 소씨(昭氏), 경씨(景氏)는 조정 안에서 이름을 날리고 갑씨(甲氏)는 봉해진 땅에서 명성을 떨친 것과 비슷하다. 결국은 같지 않은가.

10

생(生)은 혼돈의 어둠에서부터 나오거니와 일단 나오고 난 뒤에는 이것저것 시비를 가리게 된다. 이것을 이시(移是)라고 하는데, 끝없이 옮아가는 시비라는 뜻이다. 시험 삼아 이 시비에 대하여 말해 보자.

원래 시비 따위는 일정한 것이 아니므로 말할 수도 없는 것이지만, 말하지 않으면 시비가 어떻게 옮아가는가 하는 것을 이해할 수 없으므로 일단 말해 보려고 한다.

납제(臘祭)에 제물로 쓰는 소의 내장이나 다리는 제사가 끝나면 찢는 것이 시(是)지만 제사 때는 그렇게 하는 것이 시(是)가 아니다. 그리고 제사가 끝나면 방에 들어가 음식을 먹게 되는데, 그때에는 방이 시(是)지만 오줌을 누기 위해 변소에 가면 변소가 시(是)다.

이와 같이 제물인 고기를 찢거나 방에서 음식을 먹을 때나 시(是)로 치는 것은 그때그때마다 바뀌게 마련이다. 그래서 이시(移是)라는 말로 이것을 설명하는 것이다.

시험 삼아 이시(移是)에 대해 다시 한번 알아보자. 사람들은 생(生)을 움직일 수 없는 것이라고 생각하고, 지혜를 아주 존귀한 것이라고 생각하는 버릇이 있다. 그 때문에 시비에 현혹되어 사물의 진실한 명목(名目)이니 실체(實體)니 하는 것을 논하기 일쑤다.

그리하여 자기야말로 명목과 실체를 정할 수 있는 주인공으로 착각하고 다른 사람에게도 자기의 주장을 수긍케 하려고 한다. 심지어 목숨을 걸고서라도 자기의 주장을 관철하려고 한다.

이런 사람이 어떤 능력을 발휘하면 지혜롭다 여기고, 능력을 발휘하지 않으면 어리석은 것으로 간주해 버린다. 그리고 영달을 영예롭게 여기고 곤궁을 수치로 안다. 이렇게 시비를 따지는 것이 요새 사람들의 습성이다. 저 대붕(大鵬)을 비웃는 매미나 비둘기의 무지함과 다름이 없다.

11

모르는 사람의 발을 밟으면 '대단히 죄송합니다'하고 사과해야 한다. 형의 발을 밟으면 가볍게 쓰다듬는 것으로 그친다. 그러나 부모의 발을 밟았을 때는 아무 말도 하지 않아도 된다. 그래서 속담에도 이런 말이 있다.

'진정한 예(禮)에서는 남을 의식하지 않는다. 진정한 의(義)에서는 자타의 구별을 의식하지 않는다. 진정한 지혜를 가진 사람은 책략을 쓰지 않는다. 진정한 인(仁)에는 친애의 정을 의식하지 않는다. 진정한 신의에서는 약속을 다짐하기 위해 금옥을 저당하는 짓은 하지 않는다.'

〈해설〉

내편, 외편은 그래도 무위자연, 만물제동, 생사일여와 같은 장자의 근본 견해가 어느 정도 일관성을 유지하고 있었는데, 잡편에서는 그러한 일관성이 흐트러지고 출처를 알 수 없는 잡다한 인상을 주는 사상과 견해들이 불쑥불쑥 아무 때나 튀어나온다.

그렇다고 해서 장자라는 큰 테두리에서 완전히 벗어나는 것은 아니고, 장자의 근본 취지를 다양하게 발전시킨 면도 엿볼 수 있다.

12

뜻의 미혹에서 벗어나 마음의 속박을 풀라. 그리고 덕의 번거로움을 제거하고 도의 장애를 통달하라.

귀(貴), 부(富), 현(顯), 엄(嚴), 명(名), 이(利)의 여섯은 뜻을 어지럽히는 것들이다.

용모, 거동, 안색, 말씨, 기력, 의지의 여섯은 마음을 속박하는 것들이다.

증오(憎惡), 애욕(愛慾), 희(喜), 노(怒), 애(哀), 낙(樂)의 여섯 가지는 우리의 타고난 덕을 교란시킨다.

거(去), 취(就), 취(取), 여(與), 분별지(分別知), 인위적 기능 여섯 가지는 도의 유통을 가로막는다.

이상 네 가지 사항에 대하여 각기 여섯 개씩 열거, 도합 스물네 가지 종목이 되었다. 이것들이 가슴속을 교란시키지 않으면 마음은 바른 상태를 유지하게 되고, 마음이 바르게 유지되면 마음은 고요할 수 있고, 마음이 고요해지면 진정한 지혜가 생기고, 진정한 지혜가 생기면 무심의 경지에 이르고, 무심의 경지에 이르면 무위인 채 못 하는 일이 없는 위대한 경지가 실현되는 것이다.

<h1 style="text-align:center">13</h1>

덕은 도에서 생겨나는 것이므로 무위, 자연의 도는 덕이 우러러 받드는 군주 같은 것이라고 할 수 있다. 또 만물은 덕에 의해 자기 생명을 유지하므로, 모든 생물은 다 덕에서 발하는 빛이라고 할 수 있다. 그리고 만물이 본래부터 가지고 있는 것이 성(性)인데, 성은 모든 생명의 본질임을 알 수 있다.

그런데 이 성이 움직이는 곳에 모든 생명 활동이 나타나는데, 이것을 위(爲)라고 한다. 이 '위'는 그 본래적인 자연에 따르고 있는 한 아무 문제도 있을 수 없지만, 일단 인위적인 거짓이 여기에 끼게 되면 폐해가 생기게 된다. 이것을 본성의 상실이라고 한다.

인위 중에서 가장 큰 것은 지(知)거니와 이 분별지(分別知)는 천변만화하는 외계에 접응하고 이것저것 생각하는 일을 한다. 그러나 이러한 지(知)는 인식의 범위 밖에 있는 도에 대해 아무것도 알지 못한다. 그것은 마치 내막도 모르면서 공연히 눈을 부릅뜨고 남을 노려보는 것과 같다.

그리고 모든 행위가 필연적 법칙에 저절로 따르게 되는 경지가 덕이다. 또 어떤 행위를 해도 자기를 상실하는 일이 없는 경지가 치(治), 즉 자기 몸을 잘 다스려진 상태라고 부른다. 이 덕과 치는 이름은 상반되는 것 같지만 사실은 하나라고 할 수 있다.

14

궁술의 명인인 예(羿)는 아무리 작은 표적이라도 적중시키는 뛰어난 솜씨를 가지고 있었지만 남들이 자기에게 보내는 세속적인 칭찬과 비난을 초월하는 일에는 서툴렀다. 이에 비해 성인(聖人)은 세속을 초월한 도를 따르는 데는 탁월했지만 활을 쏘는 것 같은 인위적인 기교에는 서툴렀다.

대체로 도를 따르는 데는 남에게 뒤지지 않지만 인위적인 기교에는 서툴기 짝이 없는 생활방식은 오직 완전한 도를 체득한 자, 즉 전인(全人)에게만 가능한 일이다.

만물 중에서 벌레만이 무심히 벌레로서 살고 있으므로 오직 벌레만이 자연의 섭리를 그대로 따르고 있다고 할 수 있다. 이런 벌레의 태도야말로 자연을 따라 살아가는 하나의 전형이 될 수 있다.

그러므로 전인(全人)은 자연을 따르고 있다는 의식조차 버리고, 인위적 입장에서 파악된 자연조차 배격한다. 그러한 그가 자기의 이익에 집착한 나머지 자연과 사람을 대립시켜 놓고 이것이 자연이고 이것이 사람이다 하고 분별하는 것을 싫어할 것은 당연하지 않겠는가.

15

참새 한 마리가 궁술의 달인인 예(羿)에게 날아간다고 해서 그가 틀림없이 그 새를 적중시킬 것이라고는 아무도 장담할 수 없다. 왜냐하면 아무리 명궁이라고 해도 인간인 이상 실수할 가능성을 완전히 배제할 수는 없기 때문이다.

그러나 이 천하를 하나의 새장이라고 생각한다면 참새가 도망칠 가능성은 없다. 이처럼 사람의 능력에는 한계가 있지만 자연 자체를 따르는 경우에는 빈틈이 없다.

그래서 은(殷)의 탕왕(湯王)은 이윤(伊尹)이 요리를 좋아하는 것을 알자 요리사로 임명하여 그를 손아귀에 넣었고, 진(秦)의 목공(穆公)은 다섯 벌의 양피(羊皮)를 주고 백리해(百里奚)를 사서 자기 사람으로 만들었다.

그러므로 그 좋아하는 천성에 따라 마음을 사로잡는 방법을 쓰지 않고 사람을 자기 수중에 넣을 수 있는 방법은 없다고 할 수 있다. 자연을 따르는 효과는 이처럼 크다는 것을 알 수 있다.

발이 잘리는 형벌을 받은 사람은 체모를 돌보지 않는다. 새삼 자신의 신체에 대한 남의 칭찬이나 비방 따위에 신경 쓸 필요가 없기 때문이다.

쇠사슬을 찬 죄인은 높은 데에 올라가도 겁내지 않는다. 그는 이미 생사를 문제 삼지 않기 때문이다.

이처럼 생사를 두려워하지 않고 남의 평판을 개의치 않는 사람이라야 자기가 인간임을 잊을 수 있다. 자기가 인간임을 잊어야 무위자연의 도를 체득할 수 있다. 그러므로 남이 존경해 준다고 해서 오해하지도 않고 경멸한다고 해서 성내지도 않는 위대한 자유인의 경지는 무위자연의 평안함을 자기 것으로 만든 사람에게만 열리는 것이다.

밖으로 성을 내는 경우에도 그것이 인위적인 노여움이 아니라면 그 노여움이 본성에서 나온 것이므로 노여움이 없는 곳에서 나온 노여움이라고 해야 할 것이다. 마찬가지로 무슨 일을 해도 그 행위가 인위적인 것을 내포하지 않고 있다면 그것은 '무위(無爲)의 위(爲)'여서 자연의 본성에서 나온 것이라고 해야 할 것이다.

그러므로 무위자연의 고요한 경지에 있고자 한다면 정기(精氣)를 편안히 하고, 내 마음을 영묘하게 하고자 한다면 자기의 본성을 따르면 된다. 그리고 타당한 행동을 하려고 할 때에는 필연의 도리를 따르는 것이 좋다. 필연의 도리를 따르는 것이야말로 성인의 도임에 틀림없다."

〈해설〉

여기서 말하는 인위는 이기적인 행위를 말하고 무위는 전체를 위한 이타행(利他行)을 말한다. 장자가 말하는 무위는 인본주의하고는 근본적으로 다르기 때문이다. 장자에게는 인류를 위하여 자연을 파괴하거나 개발하는 따위의 행위는 도저히 용납될 수 없는 일이었다.

인본주의가 오늘날과 같이 지구 환경을 오염시키고 파괴하여 인간이 도저히 살 수 없는 곳으로 점차 만들어 가고 있는 현실을 감안할 때 장자의 주장은 백번 옳다고 할 수 있다.

제24부 서무귀(徐無鬼)

1

서무귀가 여상(女商)의 주선으로 위(魏)의 무후(武候)를 만났다.

무후가 말했다.

"선생은 피로하신 것 같소. 산속에서 피로하신 나머지 나를 찾아오신 모양이구료."

서무귀가 대답했다.

"그렇지 않습니다. 저야말로 상감을 위로해 드리려고 왔습니다. 상감께서 저를 위로하시다니 말이 됩니까? 상감께서는 권세를 쥐고 계십니다. 그렇게 되면 자연 욕망을 만족시키고 좋음과 싫음의 감정을 조장하시게 될 것이며, 그 결과 자연의 본성을 손상하시게 될 것입니다.

그렇다고 해서 욕망을 억제하고 좋고 싫은 감정을 버리신다면 관능의 즐거움이 없어서 눈과 귀 같은 감각기관이 못 쓰게 되지 않겠습니까. 그러니까 제가 상감을 위로할 수는 있어도 상감께서 저를 위로하시지는 못합니다."

무후는 고개를 숙인 채 아무 말도 하지 않았다.

잠시 후 서무귀가 말했다.

"시험 삼아 개를 감정하는 방법을 말씀드리겠습니다. 개에는 상중하의 세 등급이 있습니다. 하급의 개는 먹을 것을 보면 덮어놓고 배부르게 먹고 맙니다. 그런 개는 살쾡이 정도의 능력밖에는 없다고 하겠습니다. 중급의 개는 태양이라도 노릴 만한 위대한 기개가 보입니다. 그러나 상급쯤 되는 개는 자기 몸조차 망각하고 있는 것처럼 보입니다.

그러나 저의 개 식별 방법은 말 감정 능력에는 미치지 못합니다. 저의 말 감정법을 말씀드리겠습니다. 곧장 달릴 때는 먹줄이라도 친 것 같고, 빙글빙글 돌 때는 그림쇠(컴퍼스)를 댄 듯하고, 방형(方形)으로 나아갈 때는 곡척을 댄 듯하고, 원형으로 나아갈 때도 그림쇠를 댄 듯 정확히 움직이는 말은 한 나라에서 가장 뛰어난 말이라고 할 수 있습니다.

그러나 천하에서 가장 뛰어난 말은 태어나면서부터 탁월한 재주를 가지고 있으면서도 그런 것을 전연 의식하지 않거나 완전히 잊어버린 듯 마치 몸조차 망각한 것 같습니다. 그러나 이 말이 일단 달리기 시작하면 하도 빨라서 먼지만을 남긴 채 어디로 갔는지 알 수조차 없게 됩니다."

이 얘기를 들은 무후는 크게 기뻐하면서 웃음을 터뜨렸다.

2

서무귀가 무후와의 면회를 마치고 나오자, 기다리고 있던 여상(女商)이 물었다.

"선생님께서는 우리 상감께 대체 무슨 말씀을 하셨나요. 제가 지금껏 상감께 말씀드린 것은 어떤 때는 시(詩), 서(書), 예(禮), 악(樂)에 관한 것이었고, 어떤 때는 금판(金版)에 쓰인 육도(六韜)에 관한 것이었습니다.

저는 또 상감을 받들어 큰 공을 세운 적도 헤아릴 수 없이 많았습니다. 그런데도 상감께서는 우리들에게 아직 한 번도 웃음을 보이신 일이 없으십니다. 도대체 선생께선 무슨 이야기를 하셨기에 우리 상감께서 그렇게도 기뻐하셨단 말입니까?"

서무귀가 대답했다.

"나는 다만 상감께 말을 감정하는 방법을 말씀드렸을 뿐입니다."

"정녕 그것뿐입니까?"

여상은 천만뜻밖이라는 표정을 지어 보였다.

그러자 서무귀가 말했다.

"당신은 저 월(越) 땅에 귀양 간 사람의 얘기를 듣지 못했소? 자기 고향을 떠난 지 수 일이 지나자 아는 사람을 만나면 기뻤고, 다시 열흘이 지나고 한 달이 지나자 아는 사이는 아니라고 해도 고향에서 본 기억이 있는 사람을 만나기만 해도 기뻤고, 다시 한 해가 지나자 사람의 기척만 들어도 기뻤다는 거요.

역시 사람 곁을 오래 떠나 있으면 있을수록 사람에 대한 그리움은 절실해지는 것이 인지상정이 아니겠소. 인적 없는 산골짜기 동굴에 숨어 사는 사람은, 명아주와 같은 잡초가 다람쥐와 족제비나 지나다니는 통로에 우거질 정도로 은거한 지가 오래되면, 바삭하는 바람 소리만 들려도 인기척인 줄 알고 기뻐하게 된다오.

더구나 그때 형제나 친척이 곁에 와서 담소하게 된다면 그 기쁨이 어떨 것 같소? 하물며 상감께서는 무위자연의 가르침을 들어 보지 못한 지가 참으로 오래된 마당에 진인(眞人)을 만났다면 그 기쁨이 어떠하였겠소?"

3

한번은 서무귀가 무후를 만나자, 무후가 말했다.

"선생은 산림 속에 은거하면서 먹을거리라고는 도토리와 밤, 파와 달래 따위로 만족하면서 임금인 나 같은 것은 도외시하는 생활을 해 오셨소. 그런데 선생이 과인을 찾아온 것은 늙어서 그 생활을 더이상 견디기 어렵기 때문이오? 그렇지 않으면 술과 고기 맛이 그리워서인가요? 그것도 아니라면 내 나라에 복이 있어서 선생 같은 귀하신 분이 오시게 된 건가요?"

서무귀가 말했다.

"저는 빈천한 환경에서 태어나 아직 왕공(王公)의 음식 같은 것은 먹어 본 일이 없습니다. 제가 온 것은 상감을 위로해 드리기 위해서입니다."

무후가 반문했다.

"뭐라고? 나를 위로하러 왔다니, 도대체 무엇을 위로하시겠다는 거요?"

"상감의 정신과 육체를 위로해 드리려는 겁니다."

"그게 도대체 무슨 소린가?"

서무귀가 말했다.

"천지가 만물을 양육하는 데는 오직 평등이 있을 뿐입니다. 높은 자리에 있다고 해서 잘난 체해도 안 되고, 낮은 자리에 있다고 해서 못났다고 비굴해서도 안 됩니다. 그런데 지금 상감께서는 만승(萬乘)의 자리에 계시면서 일국의 백성들을 착취하여 관능적 욕망만을 채우고 계십니다.

그러나 이런 행위는 상감의 마음속에 깃들어 있는 양심이 허락하는 것은 아닙니다. 양심은 평화를 좋아하고 악을 싫어합니다. 악은 마음의 병입니다. 저는 이런 상감을 위로해 드리려는 겁니다. 그리고 상감께서 병을 병으로 깨닫고 계시는지 그것을 여쭈어보고자 할 뿐입니다."

무후가 말했다.

"나도 사실은 오래전부터 선생을 만나려고 생각하고 있었소. 나는 백성을 사랑하고 정의를 실천하고, 전쟁을 방지하고 세상을 평화롭게 만들고자 하는데 어떻게 생각하시오?"

서무귀가 대답했다.

"안 됩니다. 의식적으로 백성을 사랑하려고 하는 것은 백성을 불행으로 이끄는 첫걸음입니다. 또 정의를 실행하고 전쟁을 없애려는 노력은 도리어 전쟁을 일으키는 근본입니다. 상감께서 그런 길로 나아가신다면 아무도 성공을 기약하기 어려울 것입니다.

인위적으로 만들어진 미덕은 사실은 악을 담은 그릇과 같습니다. 상감께서 아무리 인의의 정치를 하시려고 해도 아마 인위적인 거짓에 떨어지고 말 것입니다. 인의라는 형식적 규범을 세우게 되면 위선적 형식은 다시 위선적 형식을 낳게 되므로, 한번 그런 형식이 성립되면 그것을 자못 대단한 것인 양 자랑하려는 충동이 일게 됩니다.

일단 이러한 충동이 일기 시작하면 자기를 옳다 하고 남을 그르다 하여 논쟁을 하게 되고, 그것이 격화되면 틀림없이 상대와 무력으로 충돌하게 됩니다.

상감께서도 이런 폐단을 잘 살펴서, 학렬(鶴列)의 진형(陣形)을 망루(望樓) 사이에 늘어놓는다든가 준마(駿馬)를 제사지내는 치단의 궁전에 배치하는 따위의, 전쟁 준비에 열중하시는 일이 있어서는 안 됩니다. 그리고 무위의 덕에 역행하는 마음을 지녀서도 안 됩니다.

그리고 인위적인 기교를 써서 남을 이기려고 해서도 안 되며, 모략으로 남을 꺾으려고 해서도 안 되고, 무력을 써서 남을 짓밟으려고 해서도 아니 됩니다.

전쟁으로 남의 나라 백성을 죽이고 남의 나라 영토를 뺏어서 그것으로 내 몸과 마음을 편하게 하려고 해도, 그러한 전쟁은 어느 쪽이 옳은지 알기 어렵고 어느 쪽이 이길는지 예측하기도 어렵습니다.

그러니까 상감께서는 인위적인 방법으로 인의나 평화를 강조함으로써 마음의 편안을 강구하려 하지 마시고, 타고난 본성의 순수성을 보존하여 천지자연 그대로의 모습, 무위자연의 도를 따름으로써 자기의 본성을 어지럽히지 않게 하는 것이 상책입니다.

상감께서 이렇게 무위의 덕을 지니시면 세상은 스스로 다스려지고 백성은 비명횡사를 면할 수 있을 것입니다. 그렇게 된다면 전쟁 폐지론 같은 것을 새삼 들먹일 필요가 어디에 있겠습니까.”

4

황제(黃帝)가 한번은 구차산(具茨山)에 있는 대외(大隗)를 찾아가 가르침을 받으려고 했다. 방명(方明)이 마차를 몰고, 창우(昌寓)가 옆에 타고, 장약(張若)과 습붕(諧朋)이 앞에서 인도하고, 곤혼(昆閽)과 골계(滑稽)가 뒤따랐다. 그런데 양성(襄城)의 벌판에까지 오자 이들 일곱 성인들은 모두 길을 잃고 말았다.

더욱이 길을 물어볼 만한 데도 없었다. 그러던 중 그들은 말을 먹이는 아이를 만났으므로 그에게 길을 물어보았다.

"너는 구차산을 아느냐?"

"네. 압니다."

"그럼 대외가 사는 곳도 아느냐?"

"그것도 압니다."

황제는 깜짝 놀랐다.

"이상한 아이로구나. 구차산만 아는 것이 아니고 대외가 사는 곳까지 알고 있다니!"

이 아이야말로 도인일 것이라 생각한 황제는 말씨를 고쳐 정중히 물었다.

"부디 동자(童子)께서는 천하를 다스리는 법을 가르쳐 주시기 바랍니다."

갑자기 아이가 동자로 격상되었다.

그 동자가 대답했다.

"천하를 다스리는 사람도 나처럼 양성(襄城)의 광야에서 무심히 놀고 있기만 하면 됩니다. 무슨 별다른 일을 할 필요가 있겠습니까. 나는 어려서부터 세속에서 살다가 눈병이 생긴 일이 있습니다. 그때 어떤 노인이 이렇게 가르쳐 주었습니다.

'너는 일월(日月)의 흐름에 순응하면서 양성의 광야에서 노닐도록 해라.'

그래서 그대로 했더니 눈병이 어느 정도 나은 것 같았습니다. 나는 다시 이 세상의 저 바깥에까지 나가 노닐면서 생을 즐길 작정입니다. 천하를 다스리는 것도 이렇게 무위자연 속에서 노닐기만 하면 됩니다. 더이상 무슨 인위적인 노력이 필요하겠습니까."

황제가 말했다.

"천하를 다스리는 일 따위는 당신의 관심 밖의 일일지는 모릅니다. 그러나 천하를 다스리는 일에 대하여 가르침을 받고 싶습니다."

동자는 사양했지만 황제는 계속 졸라댔다.

할 수 없는지 동자가 대답했다.

"천하를 다스리는 일이라 해서 말을 치는 것과 무엇이 다르겠습니까. 말의 본성을 거스르지 말고, 그 밖의 일은 말의 자율에 맡기기만 하면 됩니다."

황제는 동자에게 공손히 절하고 나서, 이분이야말로 하늘의 스승이라고 찬탄하면서 물러났다.

〈해설〉

＊ 대외(大隗) : 도(道)를 의인화한 것. '대종사'에 나오는 대괴(大塊)와 같다.

＊ 구차산(具茨山) : 취양(聚陽)과 밀현(密縣) 동쪽에 있는 산. 지금은 태외산(泰隗山)이라고 부른다.

＊ 방명(方明) : 나무로 네모지게 만든 제기(祭器). 『의례(儀禮)』 주(注)에 "방명(方明)은 4척의 나무로 만들고, 상하 사방 합하여 6면이 있는데, 면마다 각기 한 색을 칠하여 각 면의 신(神)을 상징한다"고 했다. 천지 사방에 통하는 신지(神知)를 의인화한 것.

＊ 창우(昌寓) : 우(寓)는 우(宇)와 같아서 우주를 상징하는 뜻을 의인화한 것.

＊ 장약(張若) : 가지가 뻗은 신목(神木)을 의인화한 것. 약목(若木)이라는 신목이 『산해경』에도 나온다.

＊ 습붕(諂朋) : 하늘을 나는 붕새를 의인화한 것.

＊ 곤혼(昆閽) : 혼돈과 비슷한 말. 깊은 예지를 의인화한 것.

＊ 골계(滑稽) : 막히지 않는 기지를 의인화한 것.

만물의 자연적인 특성을 거스르지 않고 자율성을 보장해 주는 무위의
정치는 노자의 정치관에 가깝다고 하겠다.

5

지모 있는 사람은 자기의 지능을 구사할 수 있는 특이한 사건이 일어
나지 않으면 즐거워하지 아니하고, 언변이 뛰어난 사람은 논할 만한 기
회가 주어지지 않으면 기뻐하지 아니하고, 시비곡직을 따지기 좋아하는
사람은 상대를 궁지로 몰아넣을 만한 일거리가 생기지 아니하면 좋아하
지 않는다. 이것은 모두가 외물에 사로잡혔기 때문이다.

정치가로서 뛰어난 명성을 지닌 사람은 조정에서 출세하고, 관리로서
백성들에게 신망을 얻은 사람은 고관대작이 된다. 또 힘이 센 사람은 위
기 때에 자기를 과시하고, 용기 있는 사람은 역경에서 분기하고, 군인은
전쟁을 좋아하고, 은사(隱士)는 밝은 이름을 구하고, 법률가는 법망을 넓
히려 들고, 예악을 존중하는 사람은 용모를 점잖게 꾸미고, 인의를 주장
하는 사람은 인간관계를 중요시한다.

이상은 교양 있는 사람들에 관한 일이거니와 이런 점이 백성들의 경우
에도 그대로 적용된다. 농부는 밭일이 없으면 즐거워하지 않고, 장사치
는 사고파는 일이 없으면 좋아하지 않는다. 서민은 그날그날의 할일이
없으면 신이 나지 않고, 백 가지 장인들도 정교한 기구가 있어야 힘을 얻
는다.

탐욕스러운 자는 재산을 산처럼 쌓아 올리지 않으면 만족하지 않고,
뽐내고 싶은 사람은 권세가 뜻대로 되지 않으면 슬퍼한다. 권세욕이나

물욕의 노예가 된 사람은 무슨 변고가 생기기를 바라고, 기회가 도래해서 한몫 잡게 되면 가만히 있지를 못한다.

그러나 이들은 시간의 흐름에 따라 변천하는 외물에 자기의 본성을 빼앗긴 사람들이다. 그들은 자기의 육체와 본성을 외물 속에 매몰시키고 평생 참나를 되찾지 못한 서글픈 인생들이다."

6

장자가 말했다.

"활을 쏘는 자가 표적을 겨냥하지도 않았는데 화살이 적중했다고 해서 그를 명궁이라고 말한다면 이 세상 궁사들은 누구나 예(羿)와 같은 명궁이 될 것이다. 그래도 좋은가?"

혜자(惠子)가 대답했다.

"그래도 좋고말고."

장자가 다시 물었다.

"그렇게 되면 이 세상에는 누구나 인정하는 보편적인 진리는 없어지게 되네. 사람들이 제각기 자기가 옳다고 생각하는 것을 옳다고 주장하게 되면 누구나 요 같은 성인이 될 수 있을 것이네. 그래도 좋단 말인가?"

혜자가 말했다.

"좋고말고."

장자가 반박했다.

"그럼 지금 천하에는 유가(儒家), 묵가(墨家), 양주(楊朱) 학파, 공손룡 학파의 사가(四家)에 자네까지 합쳐 오가(五家)가 되네. 이들 중에서 도대체 누가 옳단 말인가?

자네가 만약에 자기의 주장만 옳다고 한다면 그건 노거(魯遽)의 이야기 같지 않겠는가. 한번은 노거의 제자가 노거에게 이렇게 말했다네.

'저는 선생님의 도를 다 터득했습니다. 저는 한겨울에도 재에서 불을 붙여 솥에 있는 국을 끓일 수 있고, 여름에는 물에서 얼음을 만들 수 있게 되었습니다.'

그러자 노거가 말했다.

'그 정도라면 겨울 속에 잠재해 있는 양의 기운으로 양의 기운인 불을 부르고, 여름 속에 잠재해 있는 음의 기운으로 음의 기운인 얼음을 만드는 데 지나지 않는구나. 그런 것은 내 도가 아니다. 내 도가 어떤 것인지 자네에게 보여 주겠다.'

이렇게 말한 노거는 두 개의 슬(瑟)을 조율해서 그중 하나는 사랑방에 놓고 다른 하나는 안방에 놓았다. 그리고 한쪽을 뜯어 궁(宮)의 음을 내니 다른 슬도 궁의 음을 냈고, 각(角)의 음을 내니 다른 쪽 것도 각의 음을 울렸다. 음률이 일치하여 조금도 틀림이 없었다.

노거는 또 슬의 한 현(弦)을 궁(宮), 상(商), 각(角), 치(緻), 우(羽)의 오음계(五音階) 중 어느 것에도 해당되지 않는 음조(音調)로 고친 다음, 그 현을 뜯자 다른 25현(弦)도 각기 제 음을 냈다. 이것은 그가 뜯은 현의 음조가 음이면서도 단순한 음이 아니고 온갖 음의 근본이 되는 음이었기 때문이다.

노거의 이야기는 이런 것이었다. 이것은 양이 양을 부르고 음이 음을 부르는 것과 아무런 차이가 없다. 자네가 다른 학파보다도 자기가 뛰어났다고 생각하는 것도 이 노거의 얘기와 비슷하지 않은가."

혜자가 말했다.

"지금 유가, 묵가, 양주 학파, 공손룡 학파가 나와 논쟁을 벌여 서로 상대방에게 비판을 가하고 말로 굴복시키려 하고 있지만 아직 아무도 나를 꺾지 못했다. 그렇다면 이건 나의 정당성을 입증한 것이 아니겠는가?"

장자가 말했다.

"제(齊)나라 사람 중에 아들을 송나라에 팔아먹은 자가 있었는데, 그는 자기 아들이 송나라에서 성문지기가 되게 하려고 발을 잘라서 병신을 만들었다. 이 사람은 쇠북을 사 올 때는 혹시 악기에 상처라도 날까 보아 끈으로 묶는 수고를 아끼지 않으면서도 집을 나간 자식을 찾기 위해서는 자기 고장에서 한 걸음도 밖으로 나간 일이 없었다네.

자네가 논쟁보다 더 중요한 자기 생명을 망각하고 있는 것도, 본말을 전도하고 있는 이 사람과 무엇이 다르단 말인가.

예를 하나 더 들겠네. 초(楚)나라 사람으로서 발을 잘리고 문지기 노릇을 하는 자가 있었지. 그는 밤중에 아무도 없을 때는 뱃사공과 싸움을 벌였다네. 아무도 본 사람이 없었으므로 어느 누구로부터도 비난을 산 일은 없었지만 두 사람은 원수처럼 되고 말았지. 자네가 아무에게서도 비난을 받지 않은 것은 밤중에 싸운 이 사람과 같은 줄을 알아야 하네."

7

한번은 장의(葬儀) 행렬을 따라가던 장자가 우연히 혜자의 무덤 앞을 지나게 되자 발을 멈추었다. 장자는 따르는 제자들을 돌아보면서 말했다.

"초(楚)나라 서울인 영(郢)의 주민 중에 백토(白土)를 파리 날개처럼 얇게 코끝에 바른 다음에 유명한 대목인 장석(匠石)을 보고 그것을 깎아내리게 한 사람이 있었다. 장석은 도끼를 휘둘러 바람이 일도록 내리쳤지만, 그는 그대로 선 채 얼굴빛을 잃지 않았다. 백토는 완전히 떨어져 나갔지만 코에는 아무 이상이 없었다.

뒷날 이 이야기를 들은 송(宋)나라 원군(元君)이 장석을 불러 부탁했다.

'어디 그 재주를 나한테도 보여 주게나.'

장석이 말했다.

'저는 예전에는 그런 재주를 부린 일이 있었습니다만 그 상대가 오래 전에 이미 죽었습니다. 이제는 그런 재주를 부리려고 해도 부릴 수가 없습니다.'

나 역시 혜자가 돌아간 후 상대가 없어졌다. 논하려 해도 논할 상대가 없어진 것이다."

8

관중(管仲)이 병석에 누워 있었으므로 환공(桓公)이 문병 가서 물었다.

"그대의 병은 아주 심각하오. 그러니 최악의 경우를 생각하지 않을 수 없소. 그러한 불행이 닥친다면 나는 누구한테 정사를 맡겨야 한단 말이요?"

관중이 반문했다.

"상감께서는 누구에게 맡기실 생각이십니까?"

"포숙아(鮑叔牙)를 생각하고 있소만."

"아니 되옵니다. 그는 사람됨이 청렴하고 착하긴 합니다만, 자기보다 못한 사람과는 친하려 하지 않고 또 남의 잘못을 들으면 두고두고 잊지 못하는 버릇이 있습니다. 이런 사람이 나라를 다스린다면 위로는 자기 고집을 내세워 군주에게 대들고, 아래로는 남의 잘못을 못 참아 백성들의 반감을 살 것입니다. 상감께 득죄할 것은 불을 보듯 뻔합니다."

"그럼 누가 좋은가?"

"별수가 없을 때는 습붕(隰朋)이 좋을 것입니다. 그의 사람됨은 위로는 군주를 잊어버리고 아래로는 아무리 천박한 사람에게서도 겸허하게 배울 줄 아는 인물입니다. 그는 자기 덕이 옛 성인인 황제(黃帝)만 못한 것을 늘 부끄러워하고, 자기만 못한 사람을 늘 가엾이 여겨 인정을 베풀 줄 압니다.

대체로 자기의 덕을 남에게 나누어 주는 사람을 성인이라 하고, 자기의 재물을 남에게 나누어 주는 사람을 현인이라고 부릅니다. 그렇지만 자기가 현명한 것을 내세우기만 한 채 백성 위에 군림만 하려고 할 경우 인심을 얻은 예가 없습니다.

이와는 반대로 자기의 현명을 감추고 백성에게는 겸손한 태도를 취할 때는 백성들의 신망을 사지 않는 예가 없습니다. 저 습붕이 나라를 다스리면 필요 없는 말은 들으려 하지 않을 것이고, 집을 다스리면 쓸데없는 것을 보려고 하지 않을 것입니다. 부득이한 경우에는 습붕을 쓰는 것이 좋습니다."

9

오왕(吳王)이 강에 배를 띄우고 노닐다가 원숭이가 많이 사는 강변의 산에 올라갔을 때의 일이다. 여러 원숭이들은 왕의 일행을 보자 깜짝 놀라서 모두 깊은 숲속으로 도망쳐 버렸다. 그런데 유독 한 마리의 원숭이는 날렵하게 몸을 움직여 나뭇가지를 잡고 장난을 치면서 자기의 재주를 왕에게 자랑하는 것 같았다.

왕이 활을 들어 쏘았더니 잽싸게 그 날아오는 화살을 한 손으로 낚아챘다. 왕은 신하들에게 신속히 쏘라고 했다. 그제야 원숭이는 여러 군데서 한꺼번에 날아오는 화살을 맞고 쓰러져 숨을 거두고 말았다.

왕은 친구인 안불의(顏不疑)를 돌아보면서 말했다.

"이 원숭이는 자기 재주를 자랑하고 그 민첩함만을 믿고 나를 업신여기더니 마침내 죽고 말았다. 그대도 조심하는 것이 좋다. 아, 오만한 얼굴로 남을 경멸해서는 아니 될 것이니라."

안불의는 그 길로 집에 돌아오자 동오(董梧)라는 스승을 섬겨 자기 얼굴에 나타난 오만한 기운을 지워 버리려고 갖은 애를 다 썼다. 그리고 지금까지의 호화 생활을 버리고 높은 자리에서도 물러났다. 그리하여 3년쯤 지나자 온 나라 사람들이 그의 덕을 칭송해 마지않았다.

10

남백자기(南伯子綦)가 책상에 의지해 앉아서 하늘을 우러러 심호흡을 하고 있었다. 제자인 안성자(顏成子)가 들어와 인사하고 말했다.

"선생님은 만인 위에 우뚝 선 도인이십니다. 선생님의 모습은 주검 같고 마음은 불 꺼진 재와도 같습니다. 사람의 몸과 마음이 과연 이러한 경지에까지 이를 수 있겠는지요?"

남백자기가 대답했다.

"나는 예전에 산속 바위굴에서 산 적이 있다. 그때 제(齊)나라 왕인 전화(田禾)가 한번 나를 찾아왔기에 만났었다. 그때 제나라 백성들은 왕이 현인을 만났다고 해서 만세 삼창까지 외치면서 좋아했다.

그러나 곰곰이 생각해 보니 내가 먼저 현인인 체했기에 그가 나를 알고 찾아왔을 것이며, 내가 자기의 현명함을 남에게 팔려는 마음이 있었으니까 그는 이것을 사서 다시 남에게 팔아먹으려 했을 것이다.

내가 만약 현인인 체하지 않았더라면 그가 어찌 나를 알고 찾았겠으며, 내가 팔려고 하지 않았더라면 그가 어떻게 이것을 사서 다시 팔아먹으려 했을 것인가. 나는 처음에 세상 사람들이 자기를 상실하고 있는 것을 보고 슬퍼했었다.

그러나 남을 보고 자기 상실자라고 슬퍼하는 나도 사실은 속물임을 통감하고 슬퍼하게 되었다. 남을 속물이라고 슬퍼하는 나도, 남을 슬퍼하는 나 자신도 사실은 대립적 가치관에 얽매여 있음을 알고는 슬퍼하게 되었다. 그 후 이러한 대립적 세계에서 나날이 멀어져 감으로써 현재의 심경에 도달하게 된 것이다."

〈해설〉

내편의 '제물론'에 나오는 남곽자기와 안성자유의 설화를 해설한 것으로 보인다. 몸은 주검과 같고 마음은 불 꺼진 재처럼 되려면 어떠한 과정을 거쳐야 하는가 하는 것을 구체적으로 밝혀낸 것이다.

11

공자가 초(楚)나라에 간 적이 있었다. 그때 초(楚)나라 왕이 환영하는 주연을 베풀었다. 재상인 손숙오(孫叔敖)가 큰 술잔을 들고 서 있고, 용사로 이름이 있는 시남의료(市南宜僚)가 손숙오로부터 술잔을 받아 땅에 부어 신에게 제사함으로써 바야흐로 연회를 시작하는 의식을 진행하고 있었다.

그 자리에서 초나라 왕이 공자에게 말했다.

"선생님을 뵈오니 고인(古人)의 풍모를 갖추셨군요. 부디 한말씀 가르쳐 주시기 바랍니다."

공자가 대답했다.

"저는 고인의 '말하지 않는 말'이라는 가르침을 배운 바 있습니다. 이에 대해서 지금까지 한 번도 말한 일이 없었습니다만 이 자리에서 말씀드리기로 하겠습니다.

여기 있는 시남의료는 백공승(白公勝)이 반란을 일으켰을 때 구슬 던지기를 하면서도 백공승의 사자(使者)를 만나서, 자서(子西)와 자기(子期)의 두 집안에 덮쳐 온 재앙을 면하게 했습니다. 또 손숙오는 편히 누워 무악(舞樂)을 감상하면서도 외적을 물리쳐 초나라 국민들이 무기를 내려놓고 평화를 누리게 했습니다.

이것이야말로 고인이 말한 '말하지 않는 말'로 큰일을 한 것이 됩니다. 저도 큰 주둥이를 가진 새처럼 무심한 가운데서 말해 보고자 합니다."

시남의료와 손숙오 두 사람의 행위는 도를 의식하지 않은 채 도에 부합된 경우였으며, 공자의 말은 무심중에 나온 말이어서 '말하지 않는 말'

을 가장 잘 나타냈다고 할 수 있다.

그러므로 사람의 덕은 만물의 하나가 되는 도의 세계로 돌아가고, 말은 인지(人智)의 한계에서 멈추는 것이 최선이라는 결론에 우리는 도달하게 된다. 일체의 존재가 근원적으로 하나인 도의 세계는 각자의 덕으로는 헤아릴 수 없으며, 인지의 범위 밖의 일은 언변으로는 미칠 수 없기 때문이다. 그럼에도 불구하고 나는 유가다, 나는 묵가다 하여 논란을 일으키고 있는 것은 잘못이다.

바다가 모든 물을 다 받아들이는 것은 더없이 크기 때문이지만, 성인은 그의 덕이 천지를 두루 다 감싸고 그 은혜가 천하에 미치지 않는 데가 없는데도 누구 하나 그의 덕택이라는 것을 의식하지 못한다.

그러므로 성인은 살아서는 높은 벼슬을 하지 않고 죽어서도 시호(諡號)가 없다. 어디 그것뿐인가. 재물도 모은 것이 없고 명성도 없다. 이런 사람이야말로 진정한 도의 체득자, 즉 대인(大人)임에 틀림없다.

잘 짖는다고 해서 다 좋은 개가 아니듯이, 사람도 말을 잘한다고 해서 다 현인은 아니다. 그런데 어떻게 말깨나 좀 잘한다고 해서 위대한 사람이라고 말할 수 있겠는가.

만약에 어떤 사람이 대인이 되려고 한다면 그는 끝내 대인은 되지 못하고 말 것이다. 대인이 되겠다는 의식에서조차도 떠나야만 대인이라고 할 수 있기 때문이다. 그러한 세속적인 의식에서 떠나지 않는 한 누구도 무위의 덕을 터득할 수는 없다.

남부러울 것 없이 모든 것을 두루 다 갖춘 것으로는 천지만 한 것이 없다. 그러나 천지가 무엇을 의식적으로 구했기 때문에 이 모든 것을 완전히 구비한 존재가 된 것은 아니다. 이 천지의 완벽함을 참으로 안 사람이라면, 구하는 것이 있을 수 없을 것이고 잃고 버리는 것도 있을 수 없을 것이다.

더군다나 외부 세계의 영향을 받아 자기의 본성을 망치는 일은 있을 수 없을 것이다. 자기 내부로 돌아가 다함없는 본성을 향유하고, 태고 이래의 무위의 도에 순응하여 자기 몸을 손상시키지 않는 것이야말로 대인의 진실한 생활 태도라고 말할 수 있을 것이다.

〈해설〉

손숙오는 초나라 장왕을 보필한 정치가이며, 그 당시에 공자는 태어나지도 않았었다. 또 공자가 죽은 뒤에 백공승의 난이 일어났고, 시남의료는 초나라를 섬긴 일도 없는 것이 역사적 사실이다. 그런데도 이들 주인공들이 동시대인들처럼 다루어진 것은 이러한 우화를 통해 필자가 진리를 전파하려 했기 때문이다.

그리고 유명인들의 이름을 구태여 빌려 쓴 것은 순전히 독자들의 흥미를 끌기 위한 것이지 사실과는 아무런 관계도 없다. 우리나라로 치면 시공을 초월하여 자부선인, 유위자, 을지문덕, 원효, 최치원, 세종, 이율곡, 정약용이 한자리에 모여 앉아 대화를 나누는 것과 같다.

필자는 이러한 이야기를 꾸며서라도 '제물론'에 나오는 '말하지 않는 말'의 진의를 알기 쉽게 부연 해설하려 했던 것이다.

12

남백자기에게는 여덟 명의 아들이 있었다. 어느 날 그는 아들을 모아 놓고 관상술의 대가라는 구방인(九方歅)을 불러서 말했다.

"나를 위해 우리 애들의 관상을 좀 보아 주시오. 어느 애가 복이 많겠소?"

구방인이 대답했다.

"곤(梱)이 복이 있겠습니다."

그 말을 듣자 남백자기는 두 눈을 크게 뜨고 기쁜 표정을 감추지 못했다.

"어떻게 복이 있다는 말이오?"

"곤으로 말씀드리자면 국왕이 먹는 것 같은 음식을 들면서 행복한 생활을 하게 될 것입니다."

그 말을 듣자 남백자기는 흥이 깨진 것 같은 표정을 짓고 눈물을 흘렸다.

"내 아들이 어떻게 돼서 그렇게도 엉뚱한 팔자가 된다는 겐가?"

"국왕이 드는 것과 같은 음식을 먹고 살게 되면 그 혜택은 자연히 친척들에게까지 미칠 것입니다. 하물며 부모야 더 말할 것이 있겠습니까. 그런데도 선생님께서는 그 얘기를 듣고 눈물을 흘리시니 이는 들어오는 복을 스스로 걷어차는 것과 같습니다. 이것으로 보아 아드님은 복이 많아도 아버지에게는 불길한 상(相)입니다."

남백자기가 말했다.

"이것 보시오. 당신이 도대체 무엇을 안다고 저 아이에게 복이 있을 거라고 한단 말이오? 복이 있다 해도 그건 기껏 술이나 고기가 입으로 들어간다는 이야기가 아닌가. 당신이 어찌 사람의 길흉화복의 근원에 대해서 안다고 한단 말이오.

나는 지금껏 가축을 기른 일이 없는데 양의 새끼가 집안 서남쪽에서 태어나고, 나는 사냥을 좋아한 일이 없는데 메추라기가 집안 동남쪽 귀통이에서 태어난다는 말인가. 그런 엉뚱한 소리를 듣고도 내가 어찌 의심을 품지 않을 수 있단 말인가.

내가 내 아들과 함께 살아가는 것은 자연을 좇아 유유자적하는 것에 지나지 않는다. 나는 아이들과 더불어 자연을 즐기고 무위의 생활을 하면서, 땅에서 나는 곡식으로 배불리 먹고 사는 자유인이다.

나는 애들과 함께 속된 일에 손댄 일 없고, 특이한 일을 획책한 일도 없고, 기괴한 짓을 한 적도 없다. 또 나는 아들과 함께 천지의 실상에 알맞은 생활을 했을 뿐, 외부의 사물에 현혹되어 본성을 해친 일도 없다.

게다가 나는 자기를 고집한 일도 없었고 유연한 자세로 세상을 헤쳐 왔으며, 결코 인위적인 지모를 구사하여 이득을 챙기지도 않았다. 이런 생활에는 화도 복도 오지 않을 것이다. 그런데도 불구하고 내 아들이 세속적인 보상을 받아 엉뚱하게도 출세를 하게 된다는 말인가?

사람에게 기괴한 전조가 생기는 것은 반드시 기괴한 행위가 있었기 때문이다. 그런데 정상적인 삶을 살아가는 우리에게 기괴한 전조가 정말 나타났다면 그건 나나 애들 탓이 아니고 하늘이 내리는 피치 못할 운명일 것이다. 나는 그것이 슬퍼서 울었다."

얼마 후 남백자기는 곤(梱)을 연(燕)으로 여행시켜야 할 일이 생겼다. 곤은 여행 도중 도둑에게 잡히고 말았다. 도둑은 팔다리가 멀쩡한 것을 팔아먹으면 도망칠 우려가 있다고 생각했다. 그래서 다리를 잘라 병신을 만드는 쪽이 편리하겠다고 생각했다. 도둑들은 곤의 다리를 잘라 제나라에 팔아먹었다.

제나라에 팔려간 곤은 거공(渠公)의 문지기가 되어, 국왕과 똑같은 음식을 먹으면서 일생을 보냈다. 그런 점에서는 관상쟁이의 예언이 틀린

데가 없었다.

〈해설〉

남백자기는 무위자연의 삶을 살아가는 사람에게는 복도 화도 올 리가 없으므로 국왕과 같은 음식을 먹고 살게 되는 기괴한 일은 없을 것이라고 말하면서, 그래도 그런 엉뚱한 일이 생긴다면 그건 하늘이 내린 피치 못할 운명일 것이라고 말했다.

그러나 남백자기의 아들 곤은 실제로 여행 도중에 도둑에게 잡혀 다리가 잘려 제나라 거공의 문지기가 되어 왕이 먹는 것과 같은 음식을 먹고 살게 되었다.

이것은 결과적으로 무엇을 말하는가. 남백자기는 금생의 무위자연의 생활만 볼 줄 알았지 전생의 생활에 대해서는 아무것도 모르고 있었다는 것을 말한다. 숙세(宿世)의 인과는 모르고 있었으니까 '하늘의 내린 피치 못한 운명' 같은 있지도 않은 것을 가상해 낸 것이다.

남백자기의 아들 곤은 이미 전생에 다리가 잘릴 만한 인연을 만들어 놓고 있었던 것이다. 천망회회소이불실(天網恢恢疎而不失), 즉 하늘의 법망은 크게 성긴 것 같으면서도 빈틈이 없어 죄인을 놓치는 일이 없는 것이다.

13

설결(齧缺)이 길에서 허유(許由)를 만났다.
"자네 어디 가는가?"
허유가 대답했다.

"요의 치하에서 도망치는 길일세."

"무엇 때문에?"

"저 요는 부지런하게 인의 정치를 하고 있지만, 나는 그게 천하의 웃음거리가 되지 않을까 걱정이네. 인의 정치를 펴나가면 후세에 가서는 사람과 사람이 서로 잡아먹는 사태가 될 것이네.

백성들을 회유하는 것은 그리 어려운 일이 아니라고. 사랑해 주면 따라오고 이익을 주면 모여들게 마련이지. 칭찬해 주면 신이 나서 일하고 비위를 거스르면 도망치는 것이 백성이라네. 그런데 백성을 사랑한다든가 이익을 준다든가 하는 것은 인의에서 나오지만 본심으로부터 인의를 행하는 자는 별로 없고, 대부분의 경우 인의를 방편으로 이용하는 데 지나지 않는다네.

인의를 본성으로 지니고 있는 사람은 얼마 되지 않으므로 그것을 무리하게 실천하려 들면 위선에 떨어지기 일쑤여서, 도리어 탐욕스러운 사람에게 야망을 달성하는 무기를 빌려주는 꼴이 된다네.

또 정작 인의를 지니고 있는 경우에도 그건 한 지배자의 판단에 따라 천하 사람들을 모두 이롭게 해 주려는 것이니까, 말하자면 어떤 귀중한 물건을 한 번쯤 피뜩 쳐다보는 격이어서 충분한 효과는 기대하기 어렵다네.

저 요는 인의를 행하는 현인이 세상을 이롭게 하는 일면만 보고, 그들이 얼마나 세상을 해치는지는 모르고 있다네. 소위 인위적인 현명을 버리고 무위에 사는 사람만이 이 도리의 참뜻을 알 것이네."

14

이 세상에는 난주(暖姝)라는 부류, 유수(濡需)라는 부류, 권루(卷婁)라는 부류의 사람들이 있다. 난주라는 말은 비굴하게 아첨한다는 뜻이다. 이런 사람은 어느 한 선생의 가르침을 들으면 이를 공손히 받아들이고 동조하고 기뻐해서 자기만족에 빠지기 일쑤다. 그리고 만물의 근원인 도가 존재한다는 것을 모른다.

다음으로 유수(濡需)라는 것은 순간적인 편안함 속에 파묻힌다는 뜻이다. 돼지한테 꼬이는 이 같은 종류의 인간이다. 이는 돼지의 긴 털을 택하여 살면서 자기 딴에는 광대한 궁전이나 정원쯤으로 알고 있다. 두 넓적다리 사이나 발굽의 패인 곳 또는 젖이나 사타구니에 살면서 아주 아늑한 방이나 편리한 거실인 줄 알고 있다.

그러나 백정이 일단 팔을 들어 돼지를 죽이고, 풀을 깔고 불을 붙이는 날에는 자기도 돼지와 함께 타 죽는 줄을 모른다. 이것은 좁은 울타리 안에서만 행동하는 사람의 비유인데, 이것이 소위 유수라는 부류의 인간이다.

끝으로 권루(卷婁)는 꼽추라는 말이다. 순처럼 비굴한 사람을 가리킨다. 양고기가 개미를 좋아할 리가 없지만 개미는 양고기를 좋아해서 모여든다. 양고기 쪽에서 비린내를 풍기기 때문이다.

그와 마찬가지로 순에게는 인의의 행동이 있어서 백성들이 개미처럼 모여들었던 것이다. 그 때문에 순은 세 번이나 집을 옮겼지만 그의 주위에는 도시가 생겼다. 등(鄧)이라는 마을에 살았을 때는 십만 호의 큰 도시가 생겼었다. 마침내 당시의 임금이던 요도 그가 현인임을 알게 되어 그를 초목도 나지 않는 황무지의 지방관으로 기용했다.

"부디 백성들이 모여들도록 인정(仁政)을 베풀어 주게나."

순은 바로 그 황무지의 지방관에서 발탁되어 임금의 자리에 오른 뒤, 천하를 다스린다고 노심초사하는 중에 나이도 먹고 총명도 쇠퇴했건만 은퇴를 할 수 없었다. 그는 인의라는 비린내를 풍기다가 개미가 들끓는 양고기가 되고, 한평생 꼽추처럼 비굴함 속에서 보내야 했다. 이런 사람이 이른바 권루라는 부류에 속한다.

그러므로 도를 체득한 사람은 많은 사람들이 자기를 찾아오는 것을 몹시 꺼린다. 여러 사람이 모이면 고루 친해지지 않으며 그러면 불행이 생기게 마련이다. 그러므로 남과 너무 가까이도 하지 않고 멀리도 하지 않으면서 자기 본연의 덕을 지키고 화기(和氣)를 소중히 하여 천하에 순응해 간다. 이런 사람을 진인이라고 한다.

개미를 비유로 말한다면 양고기가 맛있다는 분별심을 버리고, 물고기로 말하면 강호에서 자타의 존재를 잊은 채 자유를 즐기며, 양고기로 비유하자면 비린내를 풍겨 개미를 꼬여 들게 하는 인위적인 생각을 떠나는 것이 진인의 생활이다.

진인은 눈을 안으로 돌려 자기 자신을 보고, 귀로 자신의 소리를 듣고, 마음을 본성으로 복귀시킨다. 이런 진인은 그 마음이 평탄해서 마치 먹줄을 친 듯하고, 그 마음이 움직일 때는 자연 그대로를 따를 뿐이다.

옛날 진인들은 무위자연을 가지고 인간 만사에 대처해 왔으며, 인위적인 분별로 도를 이해하려고 하지 않았다. 옛날의 진인들은 생사득실을 달관하고 있었으므로, 그들에게는 얻는 것이 삶이요 잃는 것이 죽음인 동시에 얻는 것이 죽음이요 잃는 것이 삶이기도 했다.

다시 말해서 살아 있는 사람의 입장에서 삶이라는 것도 죽은 사람의 처지에서 보면 죽음이 되고, 살아 있는 사람의 입장에서 죽음이라는 것도 죽은 사람의 처지에서 보면 삶일 수 있다는, 생사의 상대성과 그 생사의 상대성의 근원에 있는 동일성을 달관하고 있었던 것이다.

15

약은 그것이 약이라는 점에서는 같은 것이지만 구체적으로 따지고 들어가면 오두(烏頭)요 길경(桔梗)이요, 계두(鷄頭)요 시령(豕零)이다. 이런 약초는 그때그때의 증상에 따라 주제(主劑)로서의 구실을 다하는 것이다. 이러한 약재의 수효는 이루 다 열거할 수 없을 정도로 많다.

월왕(越王) 구천(句踐)은 싸움에 패하여, 3천 명의 병사를 이끌고 회계산(會稽山)에 들어가 숨어 살았다. 그때 모두 절망에 빠져 있는 중에서 오직 한 사람의 대부인 종(鍾)만이 나라는 망했지만 언젠가는 다시 일으킬 수 있다는 것을 알았다. 그러나 그 종도 나라가 재건된 뒤에는 중상모략을 당하여 곤경에 빠질 줄은 몰랐다.

이처럼 만물은 어느 것이나 상대성을 면치 못하여 제각기 장점과 단점이 있게 마련이다. 그래서 옛말에도 이런 것이 있다.

"올빼미의 눈은 밤에도 보이고, 학의 다리는 긴 것이 특징이다. 학은 다리가 길다고 해서 잘라 버린다면 울면서 슬퍼할 것이다."

중요한 것은 차별상에 얽매이지 않고 자연 그대로 사는 것이다. 그러니까 이렇게 말할 수 있다. 바람이 강물 위에 불면 파도가 일어날 수 있고, 태양이 강물 위에 내리쬐면 수분이 증발하여 강물이 약간 줄어들 수도 있다.

그러나 바람과 해가 강물 위에서 떠나지 않는다고 해도 강물은 전혀 구애받지 않고 유유히 흘러갈 것이다. 왜냐하면 강물은 그 근원이 있어서 거기로부터 무심히 흐르기 때문이다. 이렇게 자연 그대로 생활할 때 만물은 제각기 최상의 생명력을 발휘한다.

그러므로 물은 땅을 따를 때 비로소 안정을 찾을 수 있고, 그림자는 사람을 따름으로써 편안해지고, 만물은 제각기 다른 만물을 따르도록 되어 있다.

그러나 거기에 인위가 끼어들어 눈을 한층 밝게 보려고 한다든가, 귀가 더 잘 들리게 한다든가, 머리가 더 총명하게 한다든가 할 때는 위험에 처하게 된다. 사람이란 부자연한 방법으로 유능해지려고 하면 위험에 처하게 된다.

일단 위험이 생기면 고치기 어려워지며, 재앙이 커지면 재앙이 재앙을 부르게 된다. 이것을 정상적인 상태로 회복하려면 상당한 공을 쌓아야 한다. 또한 그것이 성공을 거두기까지는 많은 시일이 걸려야 한다.

그런데도 사람들은 자기의 재능을 보배처럼 여기고 있으니 슬픈 일이 아닐 수 없다. 이렇게 정신을 차리지 못하므로 나라를 망하게 하고 일신을 망치는 사람들이 속출한다. 도에 눈뜨려 하지 않는 데에 근본 원인이 있음은 더 말할 나위도 없다.

16

사람의 발이 땅을 밟는 경우, 밟는 것은 한 군데지만 밟지 않는 나머지 넓은 땅도 견고할 것이라는 믿음 때문에 자유롭게 움직일 수 있다. 방대한 땅의 넓이에 비해 사람이 밟고 있는 땅은 얼마 되지 않는다. 이처럼 지식은 근소하다. 근소하긴 하지만 광대한 미지의 세계를 탐구하여 하늘과 우주를 알게 된다.

대일(大一), 대음(大陰), 대목(大目), 대균(大均), 대방(大方), 대신(大信), 대정(大定)을 아는 사람이야말로 최고의 도인이다.

첫째, 대일(大一)이란 만물의 근원적인 동일성을 인식하는 것이고,

둘째, 대음(大陰)은 만물의 근원적인 존재 양상이 정(靜)과 유(柔)라는 것에 대한 인식이고,

셋째, 대목(大目)은 천지의 큰 질서에 대한 인식이고,

넷째, 대균(大均)은 천지조화의 평등무사(平等無私)에 대한 인식이고,

다섯째, 대방(大方)은 실상계(實相界)의 무한한 자유에 대한 인식이고,

여섯째, 대신(大信)은 실상계의 진실성에 대한 인식이고,

일곱째, 대정(大定)은 실상계의 안정성에 대한 인식이다.

대일(大一)을 알면 모든 존재의 차별상은 근원적으로 같다고 달관하게 되고, 대음(大陰)을 알게 되면 온갖 분쟁을 평화적으로 해결할 수 있으며, 대목(大目)을 알면 만물의 세계에 본래부터 갖추어져 있는 질서의 조화를 발견할 수 있으며, 대균(大均)을 알면 공평무사한 자연을 그대로 믿고 따를 수 있으며, 대방(大方)을 알면 무한한 존재 양상을 체득할 수 있으며, 대신(大信)을 알면 자기의 의혹을 바로잡을 수 있으며, 대정(大定)을 얻으면 자기 마음을 흔들림 없게 보존할 수 있다.

이상의 일곱 항목은 모두 자연을 본받는 태도거니와 자연을 따르면 스스로 자연의 지혜가 생기게 되고, 이 지혜에 의해 혼돈 속에서도 진정한

도의 작용을 발견하게 되고 원초로 돌아가 도를 파악하게 된다.

도란 초월적인 존재이므로 그것을 이해해도 이해하지 못한 듯이 보이며, 그것을 알고 있어도 모르는 것처럼 보인다. 그것은 상식적인 알음알이를 부정적으로 넘어섬에 의해서만 알 수 있는 경지다.

이런 초월적인 진리를 물을 경우에는 믿을 만한 근거가 있다고 낙관해서도 안 되고, 믿을 만한 근거가 없다고 비관해서도 안 된다. 왜냐하면 도는 붙잡을 수 없으나 의심할 여지도 없이 도처에 작용하고 있으며, 고금을 일관하고 있어서 누구도 그 작용을 훼손할 수 없기 때문이다.

그런데 왜 세상 사람들은 이것을 묻고 이해하려 하지 않고 미혹당한 채 있는 것일까. 미혹할 수 없는 마음씨로 미혹을 풀어 의혹 없는 경지로 돌아간다면, 그것도 또한 깨달음과 진인의 경지임에 틀림없을 것이다.

〈해설〉

도는 바로 우주 자연 속에 그대로 내포되어 있으므로 그것을 관찰하여 도를 알아내어 도에 입각한 삶을 살아가게 되면, 마음속에 일어나는 온갖 의혹도 스스로 풀리어 자연 깨달음의 경지에 이르게 된다는 얘기다. 알고 보면 진리란 이렇게 간단한 것이다.

제25부 칙양(則陽)

1

칙양이라는 사람이 벼슬길을 찾아 초(楚)나라에 왔다. 이절(夷節)이라는 왕의 측근이 왕에게 이 사람을 천거했다. 그러나 왕은 만나 보려 하지 않았으므로 이절은 그대로 물러나오고 말았다. 그러나 칙양은 굴하지 않고 왕의 신하인 왕과(王果)를 찾아가 부탁했다.

"선생께서 부디 대왕께 말씀해 주셨으면 합니다."

왕과가 대답했다.

"나보다는 공열휴(公閱休)가 말씀드리는 것이 좋을 것이오."

"공열휴는 어떤 인물입니까?"

"겨울에는 강에서 자라를 잡고 여름에는 산속에서 한가하게 세월을 보내는 인물이요. 누군가 그에게 가서 물었더니 '강가와 산속이 내 집이라' 하더라는군요. 그런데 지혜롭기로 이름난 저 이절조차도 해내지 못한 일을 나 따위가 어떻게 해내겠는가.

나는 이절을 당할 수 없소. 이절이라는 사람은 덕 없는 것이 흠이긴 하지만 아주 지혜로운 사람이어서, 스스로 지혜 있는 체하지 않고 겸손한 태도로 남과의 교제를 귀신처럼 해치우고 있소.

본래 부귀에 눈이 먼 사람이라 서로 도와 덕을 향상시킬 상대는 못 되고, 고작 서로 덕을 손상시키거나 할 사람이요. 속담에도 '몸이 언 사람은 옷을 입어 온기를 되찾고, 더위 먹은 사람은 시원한 바람을 쐬어 서늘한 기운을 회복해야 한다'고 했소.

저 왕은 사람됨이 존대(尊大)하고 엄하며 범죄자에 대해서는 호랑이 같아서 용서가 없소. 아주 간사한 악당이 아첨해서 마음을 따뜻하게 해 주든지, 고상한 인격자가 광기를 식혀 주지 않는 한 왕의 마음을 굴복시킬 수 없는 것이오.

성인이란 도를 체득한 사람이므로 빈궁한 처지에 있을 때는 가족이 가난을 잊고 도를 즐기게 하고, 잘살게 되었을 때는 가족들로 하여금 자기의 존귀함을 잊고 백성들과 어울려 살도록 하오.

어떤 사물에 대해서나 적응해서 즐기고, 어떤 사람에 대해서나 교제를 통하여 즐기면서 자기를 상실한 일이 없소. 비록 말로 표현하지는 않더라도 남들과 함께 어울려 평화롭게 지내는 동안 자기들도 모르는 사이에 자기들의 분수를 지켜나가게 된다오.

아버지는 아버지로서, 자식은 자식으로서 지켜야 할 모습으로 돌아가게 하고, 그 덕을 남에게 베풀 때도 순수한 마음으로 임하므로 천지의 마음과 같다고 할 수 있다오. 성인의 심경이란 이렇게 고원한 것이오. 그러니까 나는 공열휴(公閱休)에게 부탁하라고 하는 것이라오."

〈해설〉

＊ 왕과(王果) : 초(楚)나라 현인.

＊ 공열휴(公閱休) : 은사(隱士)의 이름.

내편의 '덕충부', '대종사'에 나오는 지인의 태도를 부연 해설한 것으로 보인다.

2

성인은 복잡하게 얽히고설킨 현실에 대해 투철한 이해를 가지고 있으며, 또 만물의 근원인 일체성과 무위계의 진상도 빠짐없이 알고 있다. 그러면서도 그들은 자기들이 그런 예지를 가진 성인이라는 것을 조금도 의식하지 못하고 있다.

왜냐하면 그들은 그런 예지를 천성으로 지니고 있기 때문이다. 그들은 자기의 근원적 입장으로 돌아가 무심히 행동하며 천지의 무위자연을 본받고 있다. 사람들은 그들이 이런 모습을 보고 성인이라고 부르는 것이다.

그러나 일반 사람들은 성인과 같을 수 없다. 그들은 인지의 혼란에 빠져 언제나 근심 걱정을 안고 있어서 1년이면 석 달도 안정을 못 찾고 있다. 이런 상태로야 무위의 경지에 들고 싶어도 어떻게 들 수 있겠는가.

타고난 미인은 남이 주는 거울을 보고 비로소 자기의 미모를 알게 되며, 남이 가르쳐 주지 않으면 남보다 예쁘다는 사실을 의식하지 못할 것이다. 그러나 스스로 의식하든 의식하지 못하든, 남에게서 듣든 듣지 못하든 간에 그 미모에는 변화가 없고, 남들이 좋아하는 사실에도 변화가 없을 것이다.

왜냐하면 그녀의 미모는 타고난 것이기 때문이다. 마찬가지 얘기를 성인의 인애에 대해서도 말할 수 있을 것이다. 만백성에 대한 성인의 인애도 성인 자신은 의식하는 것이 아니며, 남들이 그 행위를 보고 인애라고 이름 붙였을 뿐이다.

남이 일러 주지 않는다면 성인은 자기의 인애에 대해 아무것도 모르고 지내게 될 것이다. 그러나 자기가 그것을 알든 알지 못하든 간에, 또 남에게 그런 말을 듣든지 듣지 않든지 간에 그의 만백성에 대한 인애는 그치는 일이 없을 것이다.

또한 사람들이 그의 인애에 의지하든 말든 그의 인애에는 변함이 없을 것이다. 왜냐하면 그것은 그의 천성에서 나온 것이기 때문이다.

외지를 방랑하던 사람이 자기 나라의 서울이나 자기 고향을 멀리서 바라보게 되었다고 치자. 그의 마음은 푹 가라앉고 말할 수 없는 반가움으로 가득찰 것이다. 비록 언덕이나 초목이 시야를 가로막아서 거리의 9할쯤을 가린다고 해도 마음은 놓이고 반가움은 마찬가지일 것이다.

게다가 거리로 들어가서 예전에 보던 것을 보고 예전에 듣던 것을 듣는다면 그 즐거움이 어떠하겠는가. 그런데 지금 높이 80척 정도의 누대를 여러 사람이 볼 수 있는 곳에 세우고 사람들이 이것을 쳐다보며 즐긴다고 치자. 그 즐거움은 한 나그네가 고향을 바라보고 느끼는 정도에 비할 수 없을 것이다. 성인의 존재는 이 누대와 같다. 만민은 이를 우러러보면서 자기도 모르는 사이에 감화를 받게 될 것이다.

3

태고의 제왕인 염상씨(冉相氏)는 만물의 근원인 도의 핵심에 몸을 두고, 태어난 본심을 그대로 따르며, 천변만화하는 만물의 세계에 대해서 처음도 없고 끝도 없고, 해도 잊고 계절도 잊으면서 무심히 살아 나갔다.

이처럼 날로 변화해 가는 만물을 따라 자유로이 변화해 가는 사람이야말로 사실은 도를 체득해서 조금도 변화하지 않는 사람이라고 할 수 있다.

우리는 이런 근원적인 도의 입장에 몸을 두어야 할 것이다. 그리고 절대적인 도의 세계는 허심한 자만이 도달할 수 있는 경지이다. 이것을 일부러 배우려 해도 불가능한 일이며, 결과적으로 도가 아닌 외물을 쫓아다닌 것이 되고 말 것이다. 이런 식으로는 무슨 일을 해도 제대로 되지 않을 것이다.

성인에게는 절대라는 의식도 없고 상대라는 의식도 없으며, 처음이라는 의식도 없고 끝이라는 의식도 없다. 그는 시시각각으로 변화하는 이 세상과 함께 살아가면서 자기의 덕을 손상시키지 않고, 무엇을 해도 모든 것이 자기 속에 갖추어져 있어서 본성을 상하는 일이 없다. 그러니까 속인이 무리하게 이 성인을 본받으려고 해도 처음부터 불가능한 일이다.

은의 탕왕은 사어문윤(司御門尹)으로 있는 등항(登恒)이라는 현인을 발견하여 스승을 삼고 자기의 정치를 보좌케 했다. 그러나 그를 스승으로 섬기면서도 속박당하지 않고 자기의 본성을 따라 자연스럽게 행동하였다.

그는 정치의 실제는 등항에게 일임하고 스승을 위해 제왕이라는 이름을 지켜간 것뿐이었다. 이런 방식을 무심의 정치라고 하며 군신이 함께 명성을 얻기에 이르렀다.

공자가 노심초사한 것도 역시 제왕을 위해 정치를 보필하고자 한 것이었다. 그러나 용성씨(容成氏)가 '하루하루가 없으면 일 년이 없고, 안이 없으면 겉이 없다'고 한 것처럼 차라리 분별을 버리고 자기의 본성을 지켜가는 것이야말로 정치의 근본이 될 것이다.

〈해설〉

＊ 용성씨(容成氏) : 황제(黃帝) 때에 역법을 만든 사람.

4

위(魏)나라 혜왕(惠王) 영(罃)이 제(齊)나라 위왕(威王) 모(牟)와 군사 동맹을 맺었다. 그러나 제나라 위왕이 그 맹약을 위반했으므로 위나라 혜왕은 격분 끝에 자객을 보내 제나라 위왕을 죽이려 했다. 위나라 장군 공손연(公孫衍)이 그 소문을 듣자 창피하게 생각하고 혜왕에게 말했다.

"대왕은 만승(萬乘)의 임금이십니다. 그런 신분으로 필부를 보내 복수하려 하시니 말이 됩니까? 저에게 20만의 대군을 주시면 대왕을 위해 제(齊)나라를 쳐서 그 백성들을 사로잡고 그 우마(牛馬)를 끌어오겠습니다.

그로 인해 제나라 위왕이 속을 태운 나머지 열이 등으로 나와서 등창이 되게 한 다음에 그 서울을 함락하겠습니다. 제나라의 장군 전기(田忌)가 서울에서 도망치면 곧 군대를 휘몰고 들어가 그의 등을 채찍으로 쳐서 허리를 꺾어 버리겠습니다."

위나라 계자(季子)가 이 소문을 듣자 창피하게 여기고 왕에게 말했다.

"열 길 높이의 성을 열 길까지 쌓았는데 그 공사 현장을 파괴해 버린다면 성 쌓은 인부들을 골탕 먹이는 일이 될 것입니다. 이제 위나라는 전쟁이 그친 지 7년이 되었습니다. 이것이야말로 왕업의 기초가 되는 것입니다. 이런 판국에 전쟁을 주장하는 공손연(公孫衍)은 평화를 어지럽히는 사람이니 그 말을 들으시면 안 됩니다."

이 말을 들은 화자(華子)가 부끄럽게 생각하여 왕에게 말했다.

"제(齊)나라를 치자고 하는 것도 나라를 어지럽히는 사람이고, 치지 말라고 하는 것도 나라를 어지럽히는 사람입니다. 아니 전쟁론자나 평화론자가 다 나라를 어지럽히는 사람이라고 주장하는 나 역시 나라를 어지럽히는 사람입니다."

혜왕이 말했다.

"그렇다면 어떻게 해야 한다는 말인가?"

"무위의 도를 체득하는 것 외에 다른 수가 없습니다."

재상인 혜자(惠子)는 이 말을 듣고 도인인 대진인(戴晉人)을 불러 왕에게 알현시켰다.

혜왕과 만난 대진인이 말했다.

"달팽이라는 것이 있는데 대왕께서도 아시는지요?"

"알고 있소."

"달팽이의 왼쪽 뿔에 나라를 가지고 있는 임금이 있으니 이름을 촉씨(觸氏)라 하고, 오른쪽 뿔에 나라를 가지고 있는 임금이 있으니 이름을 만씨(蠻氏)라 했습니다. 그런데 한번은 이 두 임금이 영토 문제로 전쟁을 일으키어 싸움터에 몇만의 시체가 깔리도록 격전을 벌였습니다. 이긴 쪽에서는 패주하는 적을 추격해서 반년이나 지난 뒤에야 되돌아갔다고 합니다."

왕이 말했다.

"아니 그런 터무니없는 소리가 어디 있나!"

"터무니없다 하신다면 그것이 참말임을 증명해 보이겠습니다. 전하께서는 마음을 이 우주 공간의 상하사방으로 향하게 하신다면 그 상하사방에는 끝이 있겠습니까?"

왕이 말했다.

"그야 끝이 없겠지."

대진인이 말했다.

"전하께서 이 끝없는 우주 공간에 마음대로 의식을 달리게 하여 인간의 발자취가 미칠 수 있는 이 지상의 수많은 크고 작은 나라들을 골고루 돌아보셨다고 합시다. 그때 전하께서는 그 수많은 세계의 나라들을 일일이 기억하실 수 있겠습니까?"

"그야 그럴 수 없겠지."

"우리들이 왕래할 수 있는 이 세계 속에 위(魏)가 있고, 그 위 속에 대량(大梁)이라는 서울이 있는데 그 속에 전하께서 살고 계십니다. 그렇다면 전하의 존재와 달팽이 뿔에 나라를 가지고 있는 만씨와 무슨 차이가 있겠습니까?"

"그야 뭐, 별로 차이가 없겠지."

왕은 이렇게 대답하지 않을 수 없었다. 그리고 대진인이 물러가자 임금은 멍하니 넋 나간 사람처럼 앉아 있었다. 대진인이 나간 뒤에 혜자가 왕을 만나자 왕이 말했다.

"그 사람은 위대한 도인이군. 옛날의 성인들도 그만은 못했을 것이오."

혜자가 대답했다.

"피리를 불면 뽕하는 묘한 소리가 납니다. 그러나 칼자루에 달려 있는 고리 구멍에 입을 대고 불면 쐬하는 숨소리밖에 들리지 않습니다. 요순은 사람들이 성인이라고 떠받듭니다만, 대진인이 뽕하는 묘음이라면 요순은 쐬하는 숨소리에 지나지 않습니다."

〈해설〉

이 달팽이 뿔의 우화는 하도 유명해서 숱하게 인용되고 있다. 무한한 우주에 비하여 인간의 아귀다툼은 하찮고 무의미하다는 얘기이다.

5

공자가 초(楚)나라에 갔을 때 의구(蟻丘)라는 마을 주막에서 묵은 일이 있었다. 그런데 그 이웃의 부부와 하인들이 지붕에 올라가 공자 일행을 구경하고 있었다. 자로(子路)가 공자에게 물었다.

"꽤 시끄럽군요. 무엇 하는 자들일까요?"

공자가 대답했다.

"저들은 성인의 무리일 것이다. 스스로 무리들 속에 파묻혀 농사일에 몸을 숨기고 있으므로 그 명성은 전하지 않고 있어도, 마음만은 도와 한 몸이 되어 끝 간 데가 없을 것이다. 입으로 속인들과 말을 주고받지만 마음으로는 항상 침묵을 지키며, 세속에 등을 돌리고 속물들과 동조하는 것을 못마땅하게 여기는 사람들일 것이다. 이것을 육침자(陸沈者)라고 한다. 시남의료(市南宜僚)라는 사람일 것이다."

이 말을 들은 자로는 가서 그를 불러오자고 말했다.

그러나 공자는 말렸다.

"그만둬라. 그는 내가 세상에 이름을 나타내려는 줄 알고 내가 초나라에 가려는 것도 알고 있다. 그러므로 내가 초에 가는 것도 틀림없이 내가 나 자신을 선전해서 초왕으로 하여금 나를 부르도록 했다고 생각하고 있을 것이다.

그는 내가 왕에게 아첨이나 하는 무리라고 생각할 것이다. 이런 사람은 아첨꾼이 하는 말을 듣는 것조차 창피하게 생각할 것이다. 그러한 그가 나를 만나려고 하겠느냐? 너는 그 사람이 집에 가만히 있을 줄 아느냐?"

자로가 가 보았더니 아닌 게 아니라 그 집은 비어 있었다.

6

장오(長梧)의 국경 수비인이 자뢰(子牢)에게 말했다.

"당신은 정사(政事)에 소홀히 해서는 안 되고 백성을 아무렇게 다루어서도 안 됩니다. 예전에 나는 벼농사를 지은 일이 있는데 논을 갈 때 소홀히 했더니 부실한 결실로 나에게 보복했습니다. 또 김을 맬 때 아무렇게나 했더니 그 결실 역시 아무렇게나 되어서 나에게 앙갚음을 했습니다.

그래서 다음 해에는 방식을 고쳐 밭을 깊게 갈고 김을 잘 매었더니 벼는 무성하게 자라고 결실은 잘되어, 나는 일 년 내내 배부르게 먹을 수 있었습니다."

장자는 이 얘기를 전해 듣고 다음과 같이 말했다.

"지금 세상 사람들이 자기 육체를 양육하고 정신을 다스리는 방식은 이 국경 수비인의 얘기와 비슷한 점이 있다. 그들은 자연에서 도망치고 본성에서 떠나 진실을 멸하고 정신의 작용을 없애서 남의 눈치를 살피면서 살고 있다.

다시 말해서 자기의 본성을 소홀히 하고 있는 셈이다. 그런 사람에게는 애증의 군싹이 나서 본성을 손상시키는 해초(害草)가 자라날 것이다.

처음으로 애증의 정이 생길 때는 그것에 육체의 성장을 돕는 작용도 있을 것이지만, 이윽고 본성을 뿌리 뽑아 버리고 체내에 엉겨서 고름 나는 종기가 되어 온몸에 나타날 것이다. 표저(瘭疽), 개옹, 열병, 당뇨병 등은 다 이것이다."

7

백구(柏矩)는 노자에게서 가르침을 받고 있었다. 그가 한번은 노자에게 말했다.

"선생님, 제가 천하를 유람하려고 합니다. 부디 허락해 주시기 바랍니다."

그러자 노자가 말했다.

"그만둬라. 천하를 다녀 보았자 사람 사는 데는 다 여기와 마찬가지니라."

얼마 후에 백구가 다시 청하자 노자가 물었다.

"어디부터 갈 작정이냐?"

"제나라부터 가려고 합니다."

간신히 허락을 받은 백구는 제나라에 갔는데 거기서 사형수의 시체를 보았다. 그는 기둥에 매인 시체를 손으로 밀어 땅에 뉘인 다음 조복을 덮어 주었다. 그리고 하늘을 우러러 통곡하면서 말했다.

"이 사람아 이 사람아, 이 세상에는 큰 재앙이 있게 마련인데 자네가 먼저 걸렸구나. 위정자들은 입만 열면 도둑질하지 말고 살인하지 말라고 외치고 있다. 귀천의 사회 제도가 고안되고 저절로 인생고가 생겨나고, 재물이 축적되고 사람들이 모여 아귀다툼이 벌어지는 곳이 이 세상이다.

그런데 지금 위정자들은 사람을 괴롭히는 귀천의 계급 제도를 만들고, 사람들이 서로 차지하려고 다투는 재물을 모으며, 쉴 틈을 주지 않고 백성들을 괴롭히고 있다. 그렇다면 죄짓는 자가 없도록 하려 한다고 해 보았자 무슨 소용이 있겠는가.

옛날 임금들은 공적은 백성들에게 돌리고 실패는 자기가 책임졌다. 바른 것은 백성이며 잘못은 자기에게 있다고 한 것이다. 그러므로 한 명의 백성도 자기의 본성을 잃은 자가 있을 때는 스스로 물러나 자신을 책망했다.

그러나 지금은 그렇지 않다. 몰래 무슨 일을 결정해 놓고 모르는 사람이 있으면 바보로 취급하고, 도저히 불가능한 일을 정해 놓고 못 하는 자가 있으면 형을 가하고, 어려운 임무를 주어 놓고 그것을 못 해내면 벌을 주고, 먼 데까지 가라고 해 놓고 못 가면 죽이고 있다.

백성들도 온갖 꾀를 다 내어 죄를 모면하려고 하지만 힘이 다하면 할 수 없이 거짓말을 한다. 위에서 백성들을 속이는 짓을 매일같이 자행하므로 백성들도 거짓말을 안 할 수 없다. 백성들은 힘이 모자라면 거짓말을 꾸며대고, 지모가 모자라면 속임수를 쓰고, 재물이 모자라면 도둑질을 하니 도대체 누구를 꾸짖어야 한단 말인가?"

8

거백옥(蘧伯玉)은 예순이 될 때까지 예순 번이나 생활 태도를 고쳤다. 처음에 옳다고 생각했던 일로서 나중에 가서 부정되지 않은 것이 없었다. 그러니까 지금 옳다고 여기는 것도 과거 쉰아홉 번이나 부정된 것과 똑같이 언젠가는 부정될지 모른다.

만물은 이 세상에 생겨났지만 그것을 생기게 한 근원은 알 수 없다. 확실히 이 세상에 나와 있으면서도 그것이 태어난 '문'에 대해서는 아무도 모른다는 얘기다. 사람들은 누구나 다 자기의 알음알이로 인식할 수 있는 현상만을 존중하거니와, 사실은 그 저쪽에 인식이 불가능한 실재가 있기 때문에 하나의 현상으로서 인식할 수 있다는 것을 모르고 있다.

이런 사람들은 큰 착각에 빠져 있는 게 아니고 무엇이란 말인가. 천박한 꾀를 부리는 짓은 제발 그만두자. 우리는 아무리 발버둥쳐도 만물의 근원인 도에서 도망치지 못한다. 그러므로 내가 하는 이런 말도 옳은지 그른지 알 수 없는 것이다.

9

공자가 한번은 주(周)의 사관(史官)인 대도(大弢)와 백상건(伯常騫)과 희위(狶韋)에게 물었다.

"저 위(衛)나라 영공(靈公)은 술을 마시고 향락에 빠져 정사는 돌보지 않고, 사냥터에 나가 그물을 치고 주살을 쏘는 데만 열중하여 국제회의나 동맹 같은 일에는 응하지 않았습니다. 그런데도 죽은 뒤에 영공이라는 시호를 받은 것은 무슨 까닭입니까?"

이렇게 질문한 공자는 영공이라는 시호는 뛰어난 덕을 지닌 임금에게 주는 이름이라는 것을 알고 있었다. 그러나 이와는 반대로 이것이 무도한 군왕에게 주는 이름이라고 생각한 대도는 이렇게 대답했다.

"그것은 당연하오."

그러나 그 시호는 형편에 따라 무도한 임금에게도 유덕한 군주에게도 줄 수 있다는 것을 알고 있는 백상건은 대답했다.

"영공은 아내가 셋이나 있었는데 그 셋과 함께 목욕을 할 정도로 음탕했었다. 그러나 사추(史鰌)가 폐백을 들고 알현하자 그 폐백을 대신 들고 옆에서 도와줄 만큼 경건한 태도를 취했다. 한편으로는 그렇게 터무니없는 짓을 하면서도 현인을 맞이할 때는 이렇듯 경건한 태도를 취했다. 그래서 반은 칭찬하고 반은 비난하는 영공이라는 이름이 주어진 것이다."

그러나 희위는 이렇게 대답했다.

"영공이 돌아갔을 때 왕실의 묘지에 매장하려 했으나 점괘가 흉하게 나왔으므로 사구(沙丘)에 산소를 쓰기로 하고, 다시 점을 쳐 보았더니 이번에는 길하다고 나왔다. 그래서 땅을 수십 척이나 파내려 갔더니 돌로 만든 관이 나왔다. 이상하게 여기고 표면을 잘 씻고 보니 다음과 같은 명문(銘文)이 나왔다.

'자손이기 때문에 여기에 묻히는 것이 아니라, 영공이 이를 빼앗아 여기에 묻히다.'

이것으로 보아 영공이라는 이름은 그 사람의 행적과는 관계없이 미리 정해져 있었음을 말해 준다. 대도와 백상건이 무엇을 알겠는가."

〈해설〉

＊ 사추(史鰌) : 위(衛)나라를 섬긴 현인.

영공의 시호에 관한 세 사람의 의견을 실었다. 보통 사람의 머리로는 헤아릴 수 없는 운명이나 미래사를 논하는 것은 혹 있을 수 있는 일이다. 그러나 모든 것이 이미 예정되어 있다고 가정한다면, 지금 있는 그 자리에서 항상 최선을 다하여 비로소 착하고 지혜롭게 살아가려는 사람에게는 실망을 안겨주게 될 것이다. 아무리 훌륭한 예언도 적중률이 고작 30프로밖에 안 된다는 통계도 나와 있다. 이것을 감안할 때 예언이나 미신 따위에 얽매일 필요는 없는 일이다.

10

소지(少知)가 태공조(太公調)에게 물었다.

"무엇을 구리지언(丘里之言)이라고 합니까?"

태공조가 대답했다.

"구리(丘里)란 열 가지 성과 백 가지 이름이 모여 한 덩어리의 풍속을 이루고 살아가는 집단이다. 따라서 구리지언이란 개별적인 이름을 종합하는 하나의 전체 개념이다. 이 전체 개념은 각기 다른 부분을 종합해서 하나의 전체를 만든 것이며, 이 하나의 전체를 해체하면 각기 다른 부분으로 분리되게 마련이다. 즉 구리란 논리학에서 말하는 동(同)에 해당하고, 열 가지 성과 백 가지 이름은 논리학의 이(異)에 해당한다.

더 구체적인 예를 들어 보자. 말의 각 부분을 따로 떼어 생각하면 말이라는 전체는 어디에도 없는 것이 된다. 그런데도 말이 우리 앞에 매어져 있음을 부정 못 하는 것은 말의 각 부분을 종합해서 말이라고 부르기 때문이다. 개별(異)과 전체(同)의 관계는 대개 이와 같다. 같은 말을 강이나 산에 대해서도 말할 수 있다.

산(同)은 낮은 흙(異)이 쌓여서 높아지며, 강(同)은 작은 물(異)이 모여서 큰 강이 된다. 마찬가지로 대인(大人)은 만물의 사(私)를 하나로 모아 공정한 보편에 도달한 사람이다. 그러므로 만물을 밖으로부터 받아들이는 경우 주체성이 확립되어 있으면서도 자기를 고집하는 일이 없으며, 자기 내면으로부터 밖을 향해 작용하는 경우에도 확실한 목표가 설정되어 있다고 하여 그 밖의 다른 것을 거부하는 편협성이 없다.

사시는 제각기 다르나 하늘의 도리는 공평해서 차별하는 법이 없다. 그러므로 사시가 교대해서 1년이 성립할 수 있는 것이다. 마찬가지로 조정의 다섯 관청은 각기 직무가 다르지만 군왕은 그 어느 것에 대해서도 사심을 가지지 않으므로 나라가 잘 다스려지는 것이다.

또 문무백관은 각기 직능이 다르지만 대인은 공정하게 다루므로 위대한 덕을 구비하게 된다. 그리고 만물은 각기 다른 이법을 지니고 있지만 그 근원이 되고 있는 도는 공정 무사하므로 그 정체를 말로 나타낼 수 없다. 말로는 표현할 수 없으므로 그것은 인위를 초월한 존재며, 인위를 초월했으므로 모든 인위를 가능하게 한다.

도의 세계는 처음도 끝도 없으나 만물이 나고 죽는 시간의 세계는 처음과 끝이 있으며, 이 세계는 끊임없이 변화한다. 이러한 변화 속에서 인간의 길흉화복은 뒤엉켜서 일체를 이루어 여기서 역경이 생기는가 하면 저기서는 만사가 순조롭기도 하다.

또 편견에 사로잡혀서 자기를 옳다 하고 남을 그르다 하면, 만 사람의 얼굴이 제각기 다르듯이 자기 기준도 사람마다 다르게 되어, 한쪽에서 옳다고 여겨지는 것도 다른 쪽에서는 그르다고 생각된다.

그러나 도의 입장에서는 하나의 시비를 넘어선 큰 조화가 있을 뿐이니, 마치 큰 소택(沼澤) 지대에 우거진 나무들이 생긴 모양은 다르나 다 법도에 맞고, 큰 산의 수목이나 암석이 같은 산에서 생겨나서 산 전체를 이루고 있는 것 같다. 이처럼 개별적인 것(異)을 모아 하나의 전체(同)를 이루는 것을 구리지언(句里之言)이라고 한다."

〈해설〉

＊ 구리(丘里) : 사정(四井)을 읍(邑), 사읍(四邑)을 구(丘)라 한다. 오가(五家)를 인(鄰) 오인(五鄰)을 이(里)라 한다.

11

소지(少知)가 다시 물었다.

"그러면 그것을 그대로 도라고 불러도 되겠습니까?"

태공조가 대답했다.

"아니, 그렇지 않다. 이제 이 세상에 존재하는 물건의 수효를 세어 본다면 만 개라고만은 할 수 없을 것이다. 그런데도 이것을 만물이라고 하는 것은 수 중에서 많은 수인 만(萬)은 수없이 많은 수효를 나타낼 뿐이다.

이것은 도에 있어서도 마찬가지이다. 천지는 형태 중에서 최대의 것이요, 음양은 기운 중에서 최대의 것이다.

그러나 도는 도를 통해서 존재하는 것으로서 천지나 음양보다 더 큰 존재이다. 그 큰 점을 들어 도라고 부른다면 그것도 좋기는 하다. 그러나 도는 본래 이름 지을 수 없는 것인데도 지금은 이미 도라는 이름이 붙어 버렸다. 이렇게 이름이 붙은 도는 이름 붙일 수 없는 원래의 도와는 비교가 되지 않는다.

굳이 양자를 구별해 말한다면 개와 말의 관계와 같으니, 양자는 네 발달린 점에서는 같지만 그 차이는 굉장한 것이라고 할 수 있다."

소지가 다시 물었다.

"동서남북의 이 세계와 천상에서 지하까지 포함한 이 우주 속에 있는 만물은 어디서부터 생겨난 겁니까?"

태공조가 대답했다.

"이 세계에서는 음과 양이 교대로 비추고, 음양이 상극하기도 하고 서로 도와 조화를 이루기도 한다. 또 사시가 교대하여 만물을 생성시키기도 하고 멸망케 하기도 한다. 그중에서 사람들의 욕망과 증오와 거취가 차례차례 일어나고, 자웅의 결합이 항상 일어나고 있다.

또 평화와 위기가 서로 바뀌고, 길흉화복이 꼬리를 물고 일어나고, 완만한 일과 다급한 일이 서로 마찰을 빚고, 무엇이 모이는가 하면 이내 흩어지고 만다. 이것은 이름이나 형태로 파악할 수 있고, 그 정묘한 작용도 알 수 있는 것들이다.

그러나 음양 사시가 바르게 운행하고 만물의 생명이 질서 있게 전환하는 곳, 모든 현상은 갈 곳까지 가면 다시 원점으로 돌아오고 끝나면 다시 시작하게 마련이다. 이것이야말로 만물의 진상이며 이런 현상은 확실히 그 파악이 가능한 것이다.

그러나 언어로 논하고 지력(智力)으로 구명할 수 있는 것은, 앞에서도 말한 바와 같이, 사물의 현상적인 면에서만 가능하다. 그 속에 있는 만물의 진상에 이르러서는 언어나 지력을 초월하고 있다. 그러므로 도를 보려고 하는 이는 만물이 없어져서 어디로 가는가를 추구하지 않고 만물의 근원을 캐려고도 하지 않는다. 모든 논의가 거기서는 침묵하지 않을 수 없기 때문이다."

〈해설〉

구도자는 만물의 근원을 캐려고 하지 않는다. 모든 논의가 거기서는 침묵하지 않을 수 없기 때문이다. 그러나 구태여 말하자면 만물의 근원은 하나요 전체요, 무(無)요 공(空)이다. 그러나 이것도 정확한 표현은 아니다.

하나, 무, 공보다 조금 더 정확한 표현은 언어도단이다. 말이 끊어진 침묵의 상태라고나 할까. 완전히 비워지지 않는 한 전체를 담아낼 수 없기 때문이다. 그렇다고 해서 하나, 전체, 무, 공, 침묵 중 어느 하나가 진리를 표현한 것인가 하면 그렇지도 않다. 진리 즉 도는 이 모든 것을 초월한 것이다.

12

소지(少知)가 다시 물었다.

"만물을 생성하는 주재자(主宰者)는 없다는 계진(季眞)의 설과, 주재자가 있다는 설은 어느 것이나 진실이라는 접자(接子)의 설이 있는데 어느 것이 맞습니까?"

태공조가 대답했다.

"닭이 울고 개가 짖는 것은 누구라도 아는 일이나, 아무리 지혜가 많은 사람이라도 닭이나 개가 스스로 나고 스스로 변화하는 진상을 말로 나타낼 수 없으며, 마음으로 그들이 하고자 하는 일을 추측하지 못한다. 만약 이런 현상을 분석해 가면 작게는 형태 없는 극미(極微)에까지 이르고, 크게는 무한정한 극대(極大)의 세계에까지 이르게 될 것이다.

그러니까 주재자가 있다고 한다든가, 그런 것은 없다고 한다든가 하는 단계에서는 아직도 현상에 얽매여 있는 형편이므로 과오를 범하게 될 것이다.

주재자가 있다고 하는 것은 유의 입장에 서는 것이고, 주재자가 없다고 하는 것은 무의 입장에 서는 것이다. 이름이나 형상이 있다고 하는 생각은 현상의 존재를 인정하는 것이며, 이름도 형상도 없다는 생각은 현상을 부정하는 것이 된다. 이것들은 모두 도를 언어나 의지로 파악하려는 태도다. 방법을 초월하는 도는 말하든가 생각하든가 할수록 더욱더 멀어져만 가는 것이다.

인생 문제에 있어서도 모습도 없었던 것이 모습을 지닌 것으로 태어나는 것을 사람의 지혜로 막을 수는 없는 일이고, 모습을 지닌 채 살아 있는 것이 죽어서 모습이 없어지는 것을 멈추게 할 수도 없다. 삶이나 죽음이나 눈앞에 일어나는 일이긴 하지만 그것들을 일관하는 이법은 보려고 해도 보이지 않는다.

주재자가 있다느니 없다느니 하는 것은 의심 많은 사람들이 지니는 가설에 지나지 않는다. 비록 우리가 이 세계의 근원을 규명하려 한다고 해도 만물이 사멸해가는 과거의 시간은 무궁하다. 만물의 종말을 밝히려 해도 만물이 생성해 가는 미래의 시간 역시 무한하다.

무궁에서 시작하고 무한에서 끝나는 이 생멸의 변화의 흐름은 인간의 말이 끊어지는 경지이며, 거기에서는 만물이 생멸하는 이법이 그대로 도가 되는 것이다. 이에 대해서 주재자가 있느니 없느니 하는 주장들은 현상계에서는 한 걸음도 못 벗어난 견해다.

도는 있다고도 할 수 없고 없다고도 할 수 없다. 아니 도라는 이름 자체가 편의상 쓰고 있는 명칭에 지나지 않는다. 그러므로 만물을 주재하는 것이 있다느니 없다느니 하는 것은 사물의 일면만을 보는 말이고 전체적인 도의 진상을 말한 것은 아니다.

도라는 것이 말로 나타낼 수 있다고 한다면 온종일 무엇을 지껄이거나 다 도를 말한 것이 된다. 도는 언어로 표현이 불가능하다고 하면 온종일 도에 대하여 논한다고 해도 단순한 현상에 대해서만 지껄인 것이 될 것이다.

도란 만물의 극치다. 그것은 언어에 의해서나 침묵에 의해서나 파악이 불가능한 언어와 침묵을 초월한 경지에서만 체득될 것이다."

〈해설〉

＊ 계진(季眞) : 전국시대 위(魏)나라 철학자, 계자(季子)와 같은 사람.

도와 진리는 유도 아니고 무도 아닐 뿐 아니라 유·무 그 어느 쪽에도 얽매이지 않고 양자를 다 같이 초월한 곳에 있다는 주장은 현대의 종교와 철학을 능가하는 수준이었음을 말해 준다. 이러한 주장은 또한 후세에 동아시아의 대승불교에도 큰 영향을 끼쳤다.

제26부 외물(外物)

1

자기 자신의 바깥에 있는 일체의 사물은 어느 하나라도 절대적인 것은 없다. 그러므로 명성을 구한 용봉(龍逢)은 하(夏)나라 걸왕(桀王)의 손에 죽었고, 비간(比干)은 은(殷)나라 주왕(紂王)에 의해 죽음을 당했고, 기자(箕子)는 미친 사람 행세를 하고서야 겨우 죽음을 면했다.

또한 권세를 좋아한 악래(惡來)는 주(周)나라 무왕(武王)의 손에 죽어야 했고, 걸왕(桀王)과 주왕(紂王)은 망하지 않을 수 없었다.

군왕으로서 신하가 충성하기를 바라지 않는 이는 없다. 그렇다고 해서 신하가 충성을 다한다고 해서 반드시 군왕에게 신뢰를 받는 것은 아니다. 그 증거로 오자서(伍子胥)는 피살되어 그 시체가 강에 던져졌고, 장홍(萇弘)은 촉(蜀)에서 죽었다. 촉나라 사람들은 장홍이 죄 없이 죽은 것을 슬퍼하여 그의 주검을 그의 피와 함께 묻었었는데, 3년이 지난 뒤에 파보니 푸른 구슬로 변해 있었다고 한다.

부모 쳐놓고 자기 자식이 효도하기를 바라지 않는 사람은 없다. 그러나 자식이 효도한다고 해서 반드시 그 부모로부터 사랑을 받는 것은 아니다. 그러므로 은(殷)나라 효기(孝己)는 계모에게 시달려 근심이 떠날 날이 없었고, 증삼(曾參)은 아버지의 미움을 사서 안타까워해야 했었다.

나무와 나무를 비비면 불이 일어나고, 쇠가 불에 녹으면 쇳물이 흐른다. 또 음양의 기운이 균형을 잃으면 천지의 변괴가 생겨 천둥이 울리고 번갯불이 번쩍인다. 그리고 뇌우 현상이 일면 큰 회화나무도 타 버리는 수가 있다.

사람도 이와 마찬가지여서 음양과 인도(人道)의 근심에 빠지면 이 세상에서 도망갈 곳이 없어진다. 정신의 큰 조화는 상실되어 마음은 공중에 매달린 것처럼 불안해지고, 혼란과 무질서의 소용돌이 속에서 이해타산으로 마음이 들끓고, 정욕의 불길은 타오른다. 대다수의 사람들은 이 정욕의 불꽃으로 자기 본래의 조화를 잃어버리고 있다.

밝은 달에나 비길 수 있는 우리의 본성은 이 정욕의 불길을 당해낼 재간이 없다. 이리하여 생명은 소리를 내어 무너지고 우리에게 구비된 도는 찾아볼 수 없게 되는 것이다.

〈해설〉

＊ 용봉(龍逢) : 걸왕(桀王)을 섬긴 충신. 간하다가 죽음을 당했다.

＊ 비간(比干) : 주왕(紂王)의 숙부. 주왕(紂王)에게 간하다가 심장이 갈라지는 형벌을 받고 죽었다.

＊ 악래(惡來) : 주왕(紂王)을 섬긴 악인. 주무왕에게 죽음을 당했다.

2

장자는 집안이 가난했다. 한번은 쌀을 구하려 위(魏)나라 문후(文候)를 찾아갔다. 그의 청을 들은 문후가 말했다.

"좋소. 이제 영토에서 세금이 들어오면 황금 3백 근을 꾸어 주리다. 그러면 되겠소?"

장자는 불끈 화를 내면서 말했다.

"나는 어제 여기에 오는 도중에 누군가가 부르기에 돌아보았습니다. 그랬더니 수레바퀴 자리에서 한 마리의 붕어가 나를 부른 겁니다. 그래서 물었습니다.

'왜 그러냐?'

그랬더니 붕어가 대답했습니다.

'나는 동해의 수신(水神)을 섬기고 있는 신하입니다. 몇 되의 물로 나를 살려 주시지 않으시렵니까?'

'그러마. 나는 오(吳), 월(越)의 국왕을 찾아가는 중인데, 거기 가거든 서강(西江)의 물을 끌어다 너를 구해 주겠다. 어떻게 생각하느냐?'

이 말을 들은 붕어가 버럭 화를 내면서 말했다.

'나는 지금 물이 떨어져 거처할 곳조차 없는 형편이오. 겨우 몇 되의 물만 있으면 목숨을 부지할 수 있을 텐데 당신은 그런 말씀을 하시는군요. 그렇다면 나를 차라리 자반 가게에서나 찾는 것이 좋을 것이요.'"

3

임(任)나라 공자(公子)가 굉장히 큰 낚시와 엄청나게 굵은 낚싯줄을 만들고, 50마리의 거대한 소를 미끼로 해서 회계산에 앉아 낚시를 동해에 던졌다. 그는 이렇게 해서 낚시질을 했으나 1년이 지나도록 한 마리의 고기도 걸리지 않았다.

그런데 하루는 큰 고기가 걸렸다. 그 고기는 그 큰 낚시를 잡아당겨 바닷속으로 잠기는 듯하다가 갑자기 뛰어올라 지느러미를 퍼덕대니 흰 물길은 산처럼 솟고 바닷물은 요동쳤다. 고기의 울음소리는 귀신의 울부짖음 같아서 천 리 밖에 사는 사람들까지 몸서리를 치게 했다.

임나라 공자는 이 엄청난 고기를 잡자 잘게 썰어서 포를 만들었다. 절강(浙江) 이동, 창오산(蒼梧山) 이북의 주민들은 다 그 고기를 배급받아 배부르게 먹을 수 있었다. 그리고 후세의 좀스런 재주에 언변이 있는 무리들은 감탄하여 그 이야기를 전하게 되었다.

그러나 보통 낚싯대와 낚시를 들고 개울이나 도랑에 가서 조그만 고기들을 잡으려고 지키고 앉아 있는 사람들로서는 임나라 공자처럼 큰 고기는 끝내 잡을 수 없을 것이다. 그와 마찬가지로 자기의 보잘것없는 학문을 지방의 수령들에게 자랑하려는 학자 따위는 지대한 도에 눈뜬 사람들에 비하여 그 학문의 차이는 엄청나다고 아니할 수 없을 것이다.

그러므로 임나라 공자 얘기도 들어 보지 못한 사람들과는 천하 국가를 경영할 수는 없을뿐더러, 그들에게 무엇을 기대하는 따위의 일은 애당초 하지 않는 것이 좋을 것이다.

4

유생(儒生)들은 『시경(詩經)』이나 예(禮)의 가르침에 따라 남의 무덤을 파헤치고 있었다. 한번은 도굴 작업 중 우두머리 유생이 말했다.

"동녘이 밝아 오는데 일은 어찌 되었는가?"

무덤 속에 들어가 있었던 부하 유생이 말했다.

"아직 바지와 속옷을 벗기지 못했습니다. 입에 들어 있는 구슬도 빼내지 못했습니다. 『시경』에도 있습니다.

'푸릇푸릇 보리싹

무덤가의 그 언덕 밭

살아서 남에게 베풀지 않았거늘

죽어서 어찌 입에 구슬을 물고 있을 수 있으랴.'

이 가르침을 따른다면 구슬을 아니 뺏을 수 없습니다."

이리하여 조무래기 유생들은 시체의 머리를 잡고 손으로 턱 밑에 난 털을 눌렀고, 다른 유생들은 망치로 턱을 꽝꽝 내리쳐서 서서히 그 볼을 벌린 다음 입에서 구슬을 꺼냈다. 그 수법이 어떻게 교묘한지 구슬에는 금 하나 가지 않았다. 그들의 수법은 대체로 이와 같았다.

〈해설〉

유교의 예교주의(禮敎主義)를 신랄하게 비꼰 것으로 보인다. 도굴을 하는 우두머리 유생과 조무래기 유생 사이의 대화에도 『시경』의 시구까지도 인용하고 있어 한층 더 풍자적이다. 도굴이라는 아주 흉악한 도둑질을 하면서도 유교의 예법을 따른 것이다. 그 당시의 위정자들이 유교를 정치에 이용하여 제멋대로 백성들을 착취한 것을 도굴에 비유하여 비꼬고 있다.

5

노래자(老萊子)의 제자가 나무하러 갔다가 공자를 만났다. 돌아온 그는 스승에게 말했다.

"거기서 한 사람을 보았는데 상반신이 길고 아래가 짧으며 꾸부정한 자세에 귀가 뒤로 붙었으며, 눈초리가 안정감이 없어서 부단히 온 세상에서 무엇인가 찾고 있는 듯했습니다. 누구인지 모르겠습니다."

그러자 노래자가 말했다.

"그것은 틀림없이 공자일 것이다. 네가 가서 불러오도록 해라."

공자가 오자 노래자가 말했다.

"공구(孔丘)여, 자네의 그 오만과 현명한 체하는 그 가식을 버려라. 그렇게 하면 군자가 될 수 있을 것이다."

공자는 읍하고 물러나 숙연하게 안색을 고치고 나서 물었다.

"제가 학업을 향상시킬 수 있겠습니까?"

노래자가 대답했다.

"그대는 요즘 사람들이 괴로워하는 모양을 차마 못 보겠다고 하면서 인의로 세상을 구하겠다고 하는 모양인데, 그것이 도리어 만세 후까지 불행을 남기는 결과를 가져올 줄을 눈치채지 못한 것 같다.

도대체 왜 그런가? 자포자기 때문인가, 아니면 그렇게까지 미래를 내다볼 지혜가 없기 때문인가? 남에게 은혜를 베풀고 득의만면해하고 있으나 결국은 일생의 수치로 끝나고 말 것이다.

그러나 그 정도는 보통 사람들도 누구나 할 수 있는 일이니 군자의 소행이라고는 하지 못할 것이다. 또 자네들은 명성에 끌려서 서로 모여들어 사사로운 정에 의해 결부되어 요를 치켜세우고 걸을 헐뜯기보다는, 선악을 함께 잊고 칭찬하고 비난하는 마음을 처음부터 갖지 않는 것이 좋을 것이다.

도에 역행하면 일마다 백성을 해치고, 인위적인 행위를 하면 반드시 악한 결과가 된다. 대저 성인이란 부득이한 필연에 쫓겨야만 마지못해 일을 시작하여, 무심한 경지에서 위대한 공적을 이루게 된다.

사정이 이런데도 불구하고 무엇 때문에 자네는 인의의 생각을 가지고 스스로 앞장서서 일을 도모하려 하는가? 그렇게 하면 고작 자기만족에 그치고 말 것이다."

6

송(宋)나라 원군(元君)이 밤중에 꿈을 꾸었다. 한 사람이 머리를 산발하고 협문에서 안을 들여다보고 있다가 이런 말을 했다.

"나는 재로(宰路)라는 못에서 왔습니다. 청강(淸江)의 수신(水神)을 위해 하백에게 사신으로 가는 도중인데 그만 여저(余且)라는 어부에게 잡히고 말았습니다."

꿈에서 깨어난 원군은 점을 쳐보게 했다. '신령한 거북이의 조화일 것이다'라는 점괘가 나왔다. 그래서 원군은 신하들에게 물었다.

"어부 중에 여저라는 자가 있는가?"

신하들이 대답했다.

"네, 있습니다."

"그러면 여저를 데려오너라."

다음 날 여저가 조정에 나타나자 원군이 물었다.

"너는 무엇을 잡았느냐?"

"제 그물에 흰 거북이가 한 마리 걸렸습니다. 지름이 5척이나 되는 큰 놈입니다."

"네 거북이를 나에게 바쳐라."

거북이가 도착하자 원군은 몇 번이나 죽이고 싶기도 하고 살려 주고 싶기도 하여 망설였다. 마음을 정할 수 없어서 점을 쳐 보았더니 '거북이를 죽여서 점치는 데 쓰면 길하다'는 점괘가 나왔다. 그리하여 귀갑(龜甲)을 떼어서 일흔두 번이나 구멍을 내어 점을 쳐 보았더니 한 번도 틀리는 일이 없었다.

그 얘기를 들은 공자가 말했다.

"그 거북은 원군의 꿈에 현몽할 만한 능력은 있었지만 여저의 그물을 피할 만한 재주는 없었으며, 일흔두 번의 점을 쳐서 한 번의 실수도 없을 만한 지혜는 있었지만 배를 가르는 불행에서 벗어나지는 못했구나.

이처럼 어떤 지혜라도 막히는 수가 있고, 아무리 신령한 능력이라도 못 미치는 일이 있게 마련이다. 제아무리 뛰어난 지혜가 있다 해도 만인이 지혜를 합하여 달려들면 견디지 못한다.

물고기가 그물을 두려워하지 않고 사다새 생각만 하고 있으면 이렇게 어부 손에 잡히기 일쑤이다. 사람도 마찬가지로 작은 인위적 지혜를 버리면 진정한 지혜가 밝아지며, 사소한 인위적 선을 포기하면 진정한 선을 얻게 될 것이다. 갓난아기가 훌륭한 선생님한테 배우지 않아도 저절로 말을 하게 되는 것은 말할 줄 아는 사람들과 함께 살고 있기 때문이다."

7

혜자(惠子)가 장자에게 말했다.

"당신의 말은 너무 고답적이어서 현실적으로는 아무 쓸모가 없다."

그러자 장자가 말했다.

"아무 쓸모가 없다는 말의 의미를 이해해야만 비로소 무엇에 쓸모가 있는가를 논할 수 있을 것이다. 땅은 넓고 크건만 사람에게 쓸모가 있는 것은 발이 놓여 있는 얼마 안 되는 땅뙈기뿐이다. 그렇다고 발의 크기만을 잰 다음에 그것만을 남기고 그 나머지 부분은 땅속까지 파 없애 버린다면 그 땅이 과연 쓸모가 있을 것인가?"

혜자가 대답했다.

"그래 가지고는 아무 쓸모가 없는 것이다."

장자가 말했다.

"그렇다면 아무 쓸모도 없는 것 같은 것이 사실은 우리에게 쓸모가 있다는 것을 명백히 알 수 있지 않은가."

〈해설〉

우리가 딛고 있는 땅 이외의 것은 아무 쓸모도 없는 것 같지만 사실은 그렇지 않다. 왜냐하면 우리가 딛고 있는 땅 이외의 땅이 없으면 우리는 사실 한 발자국도 걸음을 떼어 놓을 수 없게 될 것이기 때문이다.

'아무 쓸모도 없는 것 같은 것이 사실은 쓸모가 있다'는 것을 말해 준다. 이것을 '무용(無用)의 용(用)'이라고 하는데 장자의 기본적인 사상이다. 결국은 쓸모없는 것을 쓸모 있게 해 주는 것은 그 배후에 있는 근원적인 무용성, 즉 도가 있기 때문이라는 것을 말해 준다.

8

장자가 말했다.

"무위의 경지에서 노닐 줄 아는 사람이라면 어떠한 세속적인 인연으로 그를 그곳에서 끌어내려 해도 그는 결코 떠나려 하지 않을 것이다. 그 반대로 세속적 명리에 구속되어 자유의 경지에 눈뜨지 못한 사람이라면 아무리 권한다고 해도 그는 무위의 경지에서 노닐 수 없을 것이다."

장자의 말로 미루어 볼 때 욕망에 떠밀리고 마는 박약한 의지는, 둑이라도 터진 듯이 외물을 쫓아다니는 맹목적 행위는 최상의 지혜와 두터운 덕을 갖춘 지인이라면 결코 취할 수 없는 것이다.

세상 사람들은 욕망의 구렁텅이에 떨어져서도 걸음을 돌리려 하지 않고, 물욕에 광분하여 뒤도 돌아보지 않는다. 그런데 그들이 그렇게도 머리를 싸매고 달려드는 그 부귀란 도대체 무엇인가?

현재의 시점에서 따진다면 군왕이다, 신하다 하여 귀천과 빈부의 차이가 나 있지만 그것은 우연히 시세(時勢)가 그렇게 만든 것뿐이다. 혁명이라도 일어나 시대가 바뀌면 귀천도 그 위치를 바꾸게 되어 있으므로 함부로 남을 업신여길 수도 없게 된다.

그러므로 '지인은 시세와 함께 움직여 어느 한곳에 머물러 있지 않는다'는 속담도 있다. 지인에게는 고금이 따로 없고 시종(始終)이 하나이다. 그럼에도 불구하고 과거는 진선진미(眞善眞美)한 시대라고 칭찬하고 현재는 보잘것없는 말세라고 경멸하는 것이 요즘 학자들의 버릇이다. 하긴 희위씨(狶韋氏) 같은 태고의 인물이 현대를 바라본다면 말세적 현상이 눈에 띌 것은 당연한 일이다.

그러나 지인만은 그러한 세태 속에서도 유유자적하여 사악에 물들지 않고 세속을 따르면서도 자기의 주체성을 상실하는 일이 없다. 그리고 세속 학자들이 주장하는 학설은 자진해서 배우지 않아도, 그들의 선의는 그대로 받아들이되 그들을 편견으로 대하는 일은 없다.

〈해설〉

＊ 희위씨(狶韋氏) : 전설상의 태고의 제왕.

사람의 귀천과 빈부 격차의 원인이 과연 우연한 시세일까? 위의 7장의 글을 쓴 사람은 그렇게 말하고 있으나 그것은 잘못된 생각이다. 그는 분명히 인과응보, 자업자득의 원리를 모르고 이 글을 쓴 것 같다.

이 현상계 안에 인과의 지배를 받지 않는 것은 아무것도 없다. 노자도 천망회회소이불실(天網恢恢疎而不失)이라고 하지 않았던가. 인과의 그물은 크게 성긴 것 같으면서도 결코 빈틈이 없다는 뜻이다.

9

눈이 잘 보는 것을 명(明)이라 하고, 귀가 잘 듣는 것을 총(聰)이라 하며, 코가 냄새를 잘 맡는 것을 전(顫)이라 하고, 혀가 맛을 잘 알아내는 것을 감(甘)이라 하며, 마음이 사리를 잘 인식하는 것을 지(知)라 하고, 지(知)가 만물에 통달하는 것을 덕(德)이라 한다.

그런데 이런 자연의 이법은 그 작용이 막히는 것을 싫어하며, 막히면

목이 멘 것처럼 되고, 언제까지나 목이 멘 채로 있으면 몸의 기능이 제대로 작용되지 못하고, 몸의 기능이 제대로 발휘되지 못하면 여러 가지 장애가 생기게 된다.

좀더 구체적으로 설명해 보자. 지각 작용을 가진 동물은 모두 다 호흡에 의해 생명을 유지하거니와, 그것이 정상적으로 행해지지 않는 것은 하늘이 아니라 사람에게 잘못이 있다. 하늘은 사람의 몸에 구멍을 뚫어 갖가지 감각 기관을 만들어 줄 때 밤낮으로 사용해도 피로하지 않게 하여 주었건만, 사람들이 도리어 그 구멍들을 메워서 못 쓰게 만들고 있다.

사람의 뱃속에는 큰 공간이 있어서 내장이 제각기 작용할 수 있고, 마음에는 타고난 여유가 있어서 우리는 자유롭게 여러 가지 생각을 하면서 살아갈 수 있는 것이다. 만약에 집안에 빈 공간이 없어서 밤낮 얼굴을 맞대고 있어야 한다면 며느리와 시어머니는 싸움으로 나날을 보낼 것이다.

그와 마찬가지로 마음에 여유가 없으면 감각 기관들이 서로 충돌해서 조화를 유지하지 못할 것이다. 요즘 큰 숲이나 산이 은둔한 사람들에 의해 존중되는 것도 그들의 정신이 자기 가슴속에 천국을 가지지 못한 때문이다.

〈해설〉

가슴속에 천국을 가진 사람이라면 그가 처해 있는 장소가 비록 온종일 시끄러운 시장 바닥 한가운데라고 해도 불편을 느끼지 않을 것이다. 왜냐하면 그가 앉아 있는 그 장소가 바로 천국이요 극락이기 때문이다. 그러니까 구태여 큰 숲이나 산 같은 곳을 찾을 필요가 없는 것이다.

10

무위자연의 덕은 명성을 좋아하는 마음에 의해 교란되고, 명성은 자기 존재를 세상에 과시하려는 마음에 의해 불순한 것이 된다. 또 음흉한 지략은 마음에 여유가 없는 데서 세워지고, 인지는 대립 투쟁에서 싹트고, 마음의 옹색은 고집에서 생기고, 관청의 일은 남의 편의를 보아주는 데서 성립된다.

그 어느 것이나 외물의 희생이 되고 있는 점에서는 마찬가지다. 그런데 알맞게 봄비가 내리면 초목이 힘차게 싹 튼다. 이때 농부들은 농기구를 정비하여 밭을 간다. 그 때문에 초목이 뿌리째 뽑혀 거꾸로 서는 것이 태반인데, 자연의 본성을 전도시키는 이런 무참한 처사를 자각하는 사람은 별로 없다. 인위에 의해 본성이 손상됨이 비유하자면 이 초목과 같다.

〈해설〉

농부가 밭에서 김을 매다가 잡초가 뿌리째 뽑혀 거꾸로 서는 것은 당연한 일인데도, 그것을 보고 본성을 전도시키는 무참한 처사라고 개탄하고 있다. 무위자연을 위해서는 농사까지도 부정해야 된다는 것을 보여준다. 하긴 농사가 인위인 것만은 틀림없으니까 그럴 수도 있을 것이다.

11

마음을 고요하게 가지는 것은 어떤 병을 고치는 데도 효과가 있다. 또

지압 요법은 노화 방지에 효과가 있고, 호흡의 조정은 숨이 헐떡이는 것을 진정시키는 데 효과가 있다. 그러나 이것은 인위적인 행위를 하는 사람들이 하는 짓일 뿐, 무위자연을 따르는 사람이 할 일은 못 된다.

사람을 정신적 단계로 나누면 신인(神人), 성인(聖人), 현인(賢人), 군자(君子), 소인(小人)의 순서가 된다. 인의로 세계의 이목을 끄는 성인의 정치에 대해 신인은 처음부터 문제 삼지 않는다. 인지에 의해 세상 사람을 놀라게 한 현인의 업적에 대해 보다 윗 단계에 있는 성인도 역시 처음부터 문제 삼지 않는다.

또한 한 나라 사람들을 놀라게 하는 군자의 선행에 대해서도 현인은 문제 삼지 않는다. 소인이 시세에 영합하여 잘난 체하는 일에 대해서도 군자는 문제 삼지 않는다.

12

송(宋)나라의 연문(演門)이라는 성문 옆에 부모상을 당한 사람이 사는데 상례(喪禮)를 충실히 지켰기 때문에 형편없이 수척해졌다. 나라에서는 효자라 하여 벼슬을 주어 표창했다. 그러자 그곳 사람들은 그의 흉내를 내어 여위어 죽는 사람들이 반이나 되었다.

또 이런 얘기도 있다.

요가 허유(許由)에게 천하를 넘겨주려 하자, 허유가 도망친 이야기는 유명하다. 한번 이런 일이 있은 뒤로는 허유를 흉내 내는 자들이 속출했다. 은의 탕왕이 무광(務光)에게 양위하려 하자, 무광은 자기를 모욕한다고 성을 냈다. 이 소문을 들은 기타(紀他)라는 사람은 제자들을 이끌고 관

수(潁水)라는 물가에 주저앉아 금시 몸이라도 던질 기세를 보였다.

그러자 그러한 고매한 선비를 죽여서는 안 된다고 제후들이 사자들을 보내어 위문을 하느라고 야단법석을 떨었다. 그로부터 3년 뒤 신도적(申徒狄)이라는 엉터리 은사는 기타(紀他)의 행위를 사모한 나머지, 아무도 제왕의 지위를 물려주려 하지 않았는데도 황하에 뛰어들어 죽고 말았다.

〈해설〉

＊ 연문(演門) : 송(宋)나라 성문(城門) 이름.

13

통발은 물고기를 잡기 위한 도구지만 일단 물고기를 잡고 나면 사람들이 내던져 버린다. 올가미는 토끼를 잡기 위해 쳐 놓은 도구지만 일단 토끼를 잡고 나면 아무도 돌보는 사람이 없다. 그와 마찬가지로 언어는 의사를 전달하기 위한 수단이어서 일단 의사만 제대로 전달되고 나면 그것으로 족하므로 잊어버려도 된다.

그러나 세상 사람들은 본말을 전도하여 언어에만 얽매이는 경향이 있다. 바라건대 언어쯤은 무시하고 사는 사람을 만나 함께 애기나 나누었으면 좋겠다.

〈해설〉

효자와 고매한 선비를 흉내 내다가 목숨을 잃는 것은 외물에 지나치게 집착한 결과이다. 부귀공명만이 아니라 지나친 결벽증, 언어와 문자 역

시 외물이다. 외물에 대한 지나친 숭배와 과도한 집착이 어떠한 결과를
가져오는가를 보여 주는 중대한 경고이다.

제27부 우언(寓言)

1

이 세상에 통용되는 이야기들 중에서 하고 싶은 말을 다른 일에 가탁(假託)해서 표현하는 우언(寓言)이 10분의 9이고, 옛 노인들의 얘기를 빌려 표현하는 중언(重言)이 10분의 7이다. 그리고 대상에 따라 자유자재로 변하는 치언(卮言)은 대립하는 시비(是非)를 절대자의 입장에서 조화를 시킨다.

10분의 9인 우언은 직설을 피하고 다른 것을 예를 들어서 설명하고 있다. 가령 아버지는 자기 아들의 중매인 노릇은 하지 않는다. 아버지가 아무리 자기 아들을 칭찬해도 남들이 믿으려 하지 않고 그 대신 다른 사람이 자기 아들을 칭찬하는 것이 효과적이기 때문이다.

이 우언을 쓰는 것은 말하는 사람에게 잘못이 있는 것이 아니라 우언을 쉽사리 받아들이는 세상 사람들에게 있다. 세상 사람들은 누구의 의견을 직접 들었을 경우, 자기 생각과 같으면 찬성하지만 자기 생각과 같지 않을 때는 반대한다.

자기 의견과 같으면 옳다 하고, 자기 의견과 다르면 비난을 퍼붓기 일쑤다. 바로 이 때문에 직설적인 발언을 쓰지 않고 우언을 흔히 쓰는 것이다.

10분의 7인 중언은 번거로운 논쟁을 그치게 하기 위한 방편으로 쓰인다. 이것은 옛 노인의 말이 그만큼 권위가 있기 때문이다. 그러나 아무리 옛 노인이라고 해도 사리를 분별하지 못하고 일의 자초지종도 알지 못한다면 진정한 선배라고 할 수 없다. 나이든 노인이 남을 인도할 만한 능력이 없으면 인도(人道)가 없는 것이니, 인도를 모르면 인간 폐물(陳人)에 지나지 않는다.

치언은 대립적인 논쟁을 절대자의 입장에서 화해시킬 뿐만 아니라, 사람들로 하여금 외물에 사로잡히지 않고 무심히 자유롭게 움직여서 무엇에도 얽매이지 않고 천수를 다하게 한다.

말로 표현하지 않으면 사물의 대립은 생겨나지 않고 만물은 하나라는 제동성(齊同性)을 유지한다. 그러나 이러한 만물의 제동성도 말로 규정하다 보면 도 자체는 그런 말의 개념과는 다른 것으로 변질되어 결국 도의 개념은 이원적 대립을 하게 된다. 따라서 궁극의 세계에서는 어떤 언어도 개입될 여지가 없어지게 된다.

그러나 치언은 궁극적인 도의 경지에서 나온 말이다. 그러므로 누가 일생을 두고 치언을 한다고 해도 결과적으로는 한마디도 안 한 것이 된다. 또 이와는 반대로 누가 죽을 때까지 한마디도 안 했다고 해도 결과적으로는 끊임없이 진실을 토로한 것이 된다.

그러나 사람들의 시비와 논쟁을 살펴보면 모두가 편견을 갖고 어떤 것은 옳다 하고 어떤 것은 그르다고 한다. 그들은 도대체 무엇을 근거로 어떤 것을 긍정하는가? 그들은 대체로 남들이 긍정하는 것을 막연하게 시인하는 데 지나지 않는다.

그러면 사람들은 무엇을 부정하는가? 그것 역시 남들이 부정하는 것을 따라 하는 데 지나지 않는다. 이처럼 시비와 가ㆍ불가는 남들의 의견을 거의 맹목적으로 따르고 있을 뿐이다.

그러나 도의 세계에서는 원초적으로 시비와 가·불가 따위는 없다. 만물은 각기 긍정되지 않는 것이 없고, 가하다고 시인되지 않는 것이 없다. 치언은 바로 도에서 나온 진리의 말씀이다.

이 치언이 매일 나타나서 시비와 대립이 도의 입장에서 조화를 이루지 않는다면 누가 편안하게 타고난 수명을 다할 수 있겠는가.

이왕에 말이 나온 김에 천예(天倪)에 대해서 설명해 보자. 만물은 모두 다 동일한 씨로부터 나왔지만 제각기 다른 형태로 변해 가게 되어 있다. 처음과 끝은 같아서 구분이 안 간다. 이렇게 무시(無始)에서 무종(無終)으로 변화해 가는 것이 천균(天均)이다. 천균이란 만물제동의 첫 번째 세계이다. 천예란 결국은 천균과 같은 말이다.

<h2 style="text-align:center">2</h2>

장자가 혜자(惠子)에게 말했다.

"공자는 예순 살이 되기까지 예순 번이나 생활 방식을 고쳐서 처음에 옳다고 여기던 것도 끝에 가서는 잘못이라고 했습니다. 그는 날로 새로워져 가는 터이므로 지금 옳다고 여기는 것도 과거 쉰아홉 번이나 부정한 것처럼 다시 부정할지도 모릅니다."

장자는 언제까지나 편협한 궤변에 얽매여 있는 혜자를 은근히 풍자한 것이었으나, 혜자는 이렇게 대답했다.

"공자는 자기 뜻을 실현하려고 열심히 지식을 늘리려고 애쓰다가 보니 그렇게 되었을 것입니다."

혜자가 반성의 기색을 보이지 않는 것을 알고 장자가 말했다.

"공자는 그런 인위적인 경지에서는 벌써부터 벗어나 있었소. 그는 진리가 언어를 초월한 존재임을 알고 있었으므로 그 진리대로 묵묵히 살 뿐 언론의 유희에 빠지지 않았습니다. 그 증거로 공자는 이런 말을 했습니다.

'사람은 그 재능을 대본(大本)에서 받았으니까 이 영묘한 본성을 잘 간직하고 살아가는 것뿐이다.'

그런데 당신은 어떤가? 하기는 발언은 논리의 법칙에 맞고 말은 이치에 합당하며 이해와 선악은 정연하게 눈앞에 전개되기는 했으나, 좋음과 싫음에 대한 그대의 주관적인 시비와 가치 판단은 다만 다른 사람들의 말을 굴복시키고 있는 데에 지나지 않습니다.

이와 다르게 공자는 남을 진심으로 복종시키고, 방황하는 마음이 전연 일어나지 않게 하며 천하의 정론(定論)을 확립하였습니다. 그대는 도저히 공자에 미치지 못하는 것이 확실합니다."

3

증자(曾子)는 두 번 벼슬을 했는데 두 번 다 심경이 변했다. 그 심경의 변화를 증자는 이렇게 술회했다.

"내가 처음 부모님 살아 계실 때 벼슬을 했을 적에는 녹(祿)이라야 겨우 곡식 3부(釜)이었지만, 그래도 부모님에게 효도할 수 있다고 생각하니 마음이 기뻤다. 그런데 훗날 두 번째 벼슬을 했을 때는 3천 종(鐘)이나 받았는데도 부모가 안 계시니 마음이 슬펐다."

이 말을 들은 한 제자가 공자에게 물었다.

"저 증삼(曾參, 곧 증자)은 녹이 적을 때는 기뻐했고 많을 때는 슬퍼했습니다. 그런 정도의 사람을 보고 외물의 그물에 걸리지 않은 자유인이라고 말할 수 있겠습니까?"

그때 공자는 이렇게 대답했다.

"그는 이미 외물의 그물에 걸려 있었느니라. 진정한 자유인이라면 어찌 기쁨과 슬픔 따위가 있었겠느냐. 3부의 녹이나 3천 종의 녹이나, 마치 참새나 모기, 등에 같은 것이 눈앞을 스쳐 지나가는 것을 바라보듯이, 무심할 수 있는 사람이라야 진정 자유인이라고 할 수 있느니라."

4

안성자유(顔成子遊)가 동곽자기(東郭子綦)에게 말했다.

"저는 선생님의 가르침을 받은 지 1년이 지나자 시골뜨기처럼 소박해지고, 2년이 지나자 누구에게나 고분고분해지고, 3년이 지나자 모든 것을 지체 없이 받아들이게 되었고, 4년이 지나자 물아일체(物我一體)의 경지에 들어갔고, 5년이 지나자 모든 사람이 스스로 사모해 왔고, 6년이 지나자 귀신까지 내 마음에 깃들이게 되었고, 7년이 지나자 무위자연의 덕이 스스로 생겼고, 8년이 지나자 생사를 의식하지 않게 되었고, 9년이 되자 큰 깨달음을 얻게 되었습니다.

생각건대 사람의 생명은 인위를 희롱하다가 자멸하게 됩니다. 옛사람들이 공평무사한 도에 눈뜨도록 권한 것도 사람의 자멸이 편견에서 비롯되며, 발랄한 삶은 편견 없는 자유무애한 데서 나오기 때문입니다.

　그렇다면 무엇이 유쾌하고 무엇이 유쾌하지 않은가 하는 따위는 처음부터 문제가 되지 않고, 오직 열심히 살아가기만 하면 된다고 생각합니다. 하늘에는 일월성신의 법칙이 있고, 땅에는 평탄한 곳과 험한 곳이 있습니다. 이것은 저절로 그렇게 되었을 뿐 그 근원을 어디서 찾을 수 있겠습니까? 그건 결국 불가능한 일입니다.

　끝나는 곳을 모르는 생멸의 변화의 흐름 속에서 만물을 지배하는 필연적 운명이 존재하지 않는다고 부정할 길도 없고, 시작되는 곳도 모르는 생멸 변화의 흐름 속에서는 필연적 운명이 존재한다고 긍정할 길도 없습니다.

　또 만물이 서로 대응관계에 있다고 본다면 그런 관계를 통제하는 귀신의 존재를 부인할 수도 없습니다. 그뿐만 아니라 대응관계가 없다고 보는 입장에서 생각한다면 귀신의 존재를 긍정할 수도 없습니다."

〈해설〉

　사물의 변화를 인과(因果)와 연기(緣起) 관계에서 파악하지 못할 때 위와 같은 혼란에 빠지게 된다. 만물은 결국 하나인 이상 그 하나에 속한 만물의 변화는 어차피 얽히고설킨 상호 의존 관계 속에서 존재하게 마련이다.

5

　망량(罔兩)들이 그림자에게 말했다.

　"당신은 아까까지는 굽어보고 있었는데 지금은 쳐다보고, 아까까지는 머리를 땋고 있었는데 지금은 머리를 풀어헤치고 있다. 또 아까는 앉아 있었는데 지금은 일어섰고, 아까는 걷고 있더니 지금은 걸음을 멈추고 있다. 도대체 어떻게 된 것인가?"

그러자 그림자가 대답했다.

"좀스럽기도 하구나. 왜 그런 쓸데없는 것을 묻는가? 나는 여러 모양으로 움직이면서도 왜 그렇게 하는지 나 자신도 모른다. 나는 매미 껍질, 뱀 껍질 같다고나 할까. 무엇인가에 의지하고 있다는 점에서는 그들과 비슷하지만, 형태를 떠나서는 존재할 수 없다는 점을 생각하면 역시 그들과는 다른 것 같다.

나는 불과 해가 있는 곳에 모여들고, 그늘과 어둠이 있는 곳에서는 물러난다. 그러나 나는 스스로 나타나고 스스로 물러날 뿐이므로 불과 해, 그늘과 어둠은 나와 꼭 의존 관계에 있다고도 할 수 없다. 그러니까 형태가 나와 꼭 의존 관계에 있는 것이 아니라는 것은 더 말할 나위도 없는 일이다.

나는 다만 불이나 해가 나타나면 나도 같이 나타나고, 그들이 사라지면 나도 함께 사라지며, 그들의 빛이 강렬하면 나도 강렬한 그림자가 되는 것뿐이다. 내 그림자가 강렬하다고 해서 왜 그렇게 되는가 하는 이유를 따질 것까지는 없다. 나는 단지 무심히 움직이고 있을 뿐이다."

〈해설〉

＊ 망량(罔兩) : 그림자 주위의 엷은 부분.

6

양자거(楊子居)가 남쪽으로 길을 떠나 패(沛)로 가고 있었다. 마침 노자도 진(秦)나라로 가는 길이었다. 양자거는 대량(大梁)의 교외에 가서 기다리다가 대량에 가서야 노자를 만났다. 같이 길을 걸으면서 노자는 하늘을 우러러 탄식하면서 말했다.

"이전에 나는 자네에게 도를 가르칠 수 있다고 생각했었지만 지금 와서 보니 그럴 가능성이 없는 것 같군."

양자거는 아무 소리도 못 한 채 여관에 도착하자 세숫물과 수건, 빗 따위를 손수 들고, 종이나 되는 것처럼 신을 방 밖에서 벗은 다음 무릎걸음으로 걸어 앞으로 나아가 공손히 말했다.

"아까 꾸중을 들었을 때 저는 선생님께 여쭈어보려고 했습니다만 선생님께서 길을 바삐 가시는 중이었으므로 감히 여쭙지 못했습니다. 지금은 한가하신 것 같으니 선생님께서 저의 결점을 지적해 주시기 바랍니다."

노자가 대답했다.

"좀 멍청해질 수는 없겠나? 왜 그리도 똑똑한 체하는가? 그런 태도로 누구와 함께 살아가겠다는 것인가? '더없이 결백한 사람은 더러운 것처럼 보이고, 진정 위대한 덕을 지닌 이는 모자라는 사람 같은 인상을 준다'는 말이 있다네."

양자거는 뜨끔하여 안색을 고치고 말했다.

"삼가 가르침을 받들겠습니다."

그로부터 그의 태도는 일변했다. 처음 그가 여관에 들 때에는 손님까지 총출동해서 맞이하고, 주인은 방석을 들고 오고, 주인집 아내는 수건과 빗을 바치고, 손님들은 자리에서 일어나고, 불을 쬐고 있던 사람들도 자리를 피하곤 했으나 그가 돌아갈 때에는 모두가 그를 보통 사람으로 알고 좌석을 놓고 서로 다투기까지 했다.

〈해설〉

양자거가 처음 여관에 들 때는 똑똑한 체하는 그의 명성 때문에 사람들이 다투어 환영했지만 그가 여관을 떠날 때에는 다른 투숙객과 조금도 다름없는 보통 사람이 되어 있었다.

'더없이 결백한 사람은 더러운 것처럼 보이고, 진정 위대한 덕을 지닌 이는 모자라는 사람 같은 인상을 준다'는 말 그대로다. 사람은 이래야 이웃과 편하게 지낼 수 있는 것이다. 똑똑한 체하기보다는 좀 멍청해 보이는 것이 훨씬 낫다는 얘기다. 덕이란 속에 감추어져 있어야 생동하지 밖으로 드러나면 곧바로 바래지게 마련이다.

제28부 양왕(讓王)

1

요임금이 천하를 허유(許由)에게 물려주려 하자 허유는 사양했다. 그래서 자주지보(子州之父)에게 물려주려 했더니 그는 이렇게 말했다.

"나를 천자로 삼는 것도 좋겠죠. 그러나 지금 나는 남모르는 마음의 병을 앓고 있어서 그것을 고치는 중입니다. 그러니 천하를 다스릴 여가가 없습니다."

천하는 더없이 가치가 있는 것인지도 모른다. 그러나 그것을 위해 목숨을 희생해도 좋을 만큼 귀중하다고는 볼 수 없다. 더구나 천하만도 못한 다른 것은 더 말할 것도 없다. 하기는 천하도 안중에 없는 이런 사람에게야말로 천하를 맡길 수 있는 것이 아닐까.

〈해설〉

＊ 자주지보(子州之父) : 고대의 전설적 인물.

그때나 지금이나 사람들은 흔히 정치를 첫째가는 덕목으로 알고 있었다. 그러나 알고 보면 정치는 외물에 지나지 않는다. 외물에 사로잡히지 않고 자기 내부에 있는 참나를 깨닫는 것을 가장 중요한 것으로 알았던 지인의 생활 태도를 보여 주고 있다.

2

순은 천하를 자주지백(子州支伯)에게 양보하려 했다. 그러나 그가 말했다.

"나는 마침 남모르는 마음의 병을 앓고 있어서 지금 치료 중입니다. 천하를 다스릴 여가가 없습니다."

이것으로 미루어 생각하건대 천하는 매우 중요한 존재이긴 해도 생명과는 못 바꾼다는 얘기가 된다. 이것이 도인과 속인이 다른 점이다.

〈해설〉

＊ 자주지백(子州支伯) : 앞에 나은 자주지보와 비슷한 인물인 것 같다.

3

순은 천하를 선권(善券)에게 물려주려 했다. 그러자 선권이 말했다.

"나는 우주 속에 생을 받아 겨울에는 갖옷, 여름에는 칡베 옷을 걸치고 산다. 봄에는 밭 갈고 씨 뿌리니 몸은 일하기에 족하고, 가을 되면 거두어들이니 몸을 쉬고 배를 불릴 만은 하다. 해 뜨면 일하고 저물면 쉬며, 이 천지 사이에서 한가로이 살아 마음에 걸리는 것이 없다. 내가 어찌 천하 따위를 다스리고 있겠는가? 슬픈 일이다. 그대가 그렇게도 나를 몰라주다니."

마침내 임금 자리를 물려받지 않은 그는 그때까지 살던 곳에서 표연히 떠나 깊은 산속으로 들어가 아주 종적을 감추어 버리고 말았다.

〈해설〉

＊ 선권(善券) : 고대의 전설상의 인물.

＊ 갖옷 : 모피로 안을 댄 옷.

이 이야기는 『순자』와 『여씨춘추』에 실려 있다.

4

순은 천하를 자기 친구인 석호지농(石戶之農)에게 물려주려 했다. 그러자 석호지농이 말했다.

"당신은 꽤 설치는군. 당신이야말로 인력(人力) 만능주의자일세."

이것은 순의 덕을 대단치 않다고 풍자한 것이라 하겠다. 이런 일을 당하자 석호지농은 짐을 등에 지고, 그의 아내는 머리에 짐을 이고, 어린애는 손을 잡고 바닷속 섬으로 들어가 죽을 때까지 돌아오지 않았다.

〈해설〉

＊ 석호지농(石戶之農) : 석호가 성, 지농이 이름인 것 같다. 전설적 은자.

이 이야기는 『여씨춘추』에 그대로 실려 있다.

5

주(周)의 조상인 대왕단보(大王亶父)가 빈(邠)에 살고 있을 때 북방 적인(狄人)이 쳐들어왔다. 대왕단보는 싸움을 원치 않았으므로 가죽과 비단을 주어 달래려 했으나 받지 않았다. 그래서 개와 말을 주고 화목하려고 했으나 역시 응하지 않았고, 다시 주옥(珠玉)을 주어도 거부하기만 했다. 북방 적인의 야심은 오직 토지를 차지하는 데 있었기 때문이다. 그래서 대왕단보는 신하들에게 말했다.

"백성의 형으로 있으면서 그 아우들을 죽게 하고, 백성의 아비로 있으면서 자식들을 전사시키는 불행이 일어나는 것을 나는 도저히 참을 수 없다. 그대들은 이곳에 남아 힘써 살아가도록 하라.

내 신하 노릇 하는 것이나 북방 적인의 신하 노릇 하는 것이나 무엇이 다르랴. 나는 '사람을 살리기 위한 수단에 지나지 않는 토지 때문에 살려야 할 백성들을 해쳐서는 안 된다'는 말을 들었다."

말을 마친 대왕단보는 채찍을 지팡이 삼아 빈을 떠났다. 그런데 그의 덕을 사모하는 백성들은 줄을 지어 그의 뒤를 따라가게 되어, 마침내 기산(岐山) 밑에 가서 새 나라를 이룩하게 되었다.

그러니 대왕단보야말로 생명을 존중할 줄 아는 사람이라고 해야 하겠다. 인간의 생명을 존중할 줄 아는 사람은 비록 부귀한 자리에 있다고 해도 생활의 수단을 위해 생명 자체를 손상하지는 않는다. 또한 비록 빈천한 처지에 있다고 해도 이익을 위해 육체를 괴롭히지 않는다.

그런데도 불구하고 요즘 고관직에 있는 자들은 누구나 다 그 지위를 잃을까 걱정하고, 이익을 보면 눈이 어두워져서 경솔하게 일신을 망치고 있다. 이 어찌 잘못된 일이 아니겠는가.

〈해설〉

＊ 대왕단보(大王亶父) : 고공단보(古公亶父)와 같다. 주문왕(周文王)의 조부.

＊ 빈(邠) : 지금의 섬서성(陝西省)에 있는 지명.

『여씨춘추』와 『회남자』에도 그대로 실려 있다.

6

월(越)나라 사람들은 3대에 걸쳐 국왕을 죽였다. 왕자 수(搜)는 자기에게도 해가 미칠 것을 두려워하여 단혈(丹穴) 속에 몸을 숨겨 버렸다. 그러자 월나라에서는 군왕의 자리가 비게 되었다. 나라 사람들은 왕자 수를 찾았으나 찾아내지 못하다가 드디어 단혈까지 가게 되었다.

그러나 왕자 수는 나오려 하지 않았으므로 월나라 사람들은 쑥을 태워 그 연기를 굴에 넣어서 겨우 끌어낸 다음 임금의 가마인 연(輦)에 태웠다. 왕자는 줄을 잡고 연에 오르면서 하늘을 우러러 외쳤다.

"임금이라니, 임금이라니! 이 나를 가만히 내버려둘 수 없는가."

왕자 수는 국왕 되는 것이 싫은 것이 아니었다. 임금이 됨으로써 생기는 재앙을 두려워한 것이다. 그러한 사람은 나라를 다스리기 위해서 생명을 손상시키지 않을 것이다. 월나라 사람들은 바로 이 때문에 그를 군왕으로 추대하려 했던 것이다.

〈해설〉

＊ 단혈(丹穴) : 단사(丹沙)를 채굴하는 굴 또는 월나라에 있는 굴의 이름. 이것도 『여씨춘추』와 『회남자』에 실려 있다.

7

한(韓), 위(魏) 두 나라가 싸움이 붙어 서로 상대의 영토를 침략했다. 자화자(子華子)가 한(韓)나라의 소희후(昭僖候)를 방문했다. 소희후는 근심에 싸여 있는 얼굴을 하고 있었다. 자화자가 말했다.

"지금 천하 사람들이 상감의 면전에서 다음과 같은 서약서를 쓴다고 합시다. 즉 '왼손으로 이 문서를 잡으면 오른손을 잘라 버리고, 오른손으로 잡으면 왼손을 잘라 버린다. 그러나 이것을 잡는 자가 있으면 반드시 천하를 주리라.' 이때 상감께서는 그 문서를 잡으시겠습니까?"

소희후가 말했다.

"아니, 난 안 잡겠소."

자화자가 말했다.

"좋습니다. 그 말씀을 듣고 보니 두 팔은 천하보다 소중한 것이 됩니다. 그렇다면 몸 전체는 물론 두 팔보다 더 소중합니다. 그리고 한(韓)은 천하보다 훨씬 가볍고, 지금 위(魏)나라와 다투는 영토는 한(韓)나라 전체와 비교할 때 그 비중이 훨씬 더 가볍습니다.

그렇다면 두 팔을 천하보다 더 소중히 아시는 상감께서 얼마 안 되는 땅 때문에 다투시느라, 팔보다도 더 소중한 몸을 괴롭히시고 생명을 손상시키면서까지 근심에 잠기시는 것은 이상하지 않습니까?"

소희후가 말했다.

"정말 좋은 말씀이오. 지금까지 나에게 의견을 말한 사람은 많으나 이런 말은 들은 적이 없소."

이것으로 보아 자화자야말로 사물의 경중을 제대로 아는 사람이라고 하겠다.

〈해설〉

＊ 자화자(子華子) : '잡편' 속의 '칙양'에도 나온 인물 앞에 나온 자(子)는 제자가 스승에게 붙이는 존칭.

＊ 소희후(昭僖候) : 한(韓)나라 소후(昭候).

이 이야기 역시 『여씨춘추』에 실려 있다.

8

노(魯)나라 군주는 안합(顔闔)이 도를 체득했다는 말을 듣고 그에게 정사를 맡기려고, 사자(使者)로 하여금 폐백을 가지고 먼저 가서 그 뜻을 그에게 전하게 했다. 그때 안합은 누추한 집에서 베옷을 걸치고 소에게 여물을 먹이고 있었다. 사자가 도착하자 안합이 응대했다.

"여기가 안합의 집인가요?"

"그렇소. 이게 바로 내 집이오."

사자가 폐백을 내놓자 안합이 말했다.

"혹시 잘못 알고 찾아오셨으면 당신에게 엉뚱한 화가 돌아갈지도 모르니, 다시 한번 확인해 보시는 것이 좋을 것입니다."

사자가 돌아가 사실 여부를 확인하고 나서 다시 찾았을 때는 안합은 이미 자취를 감춘 뒤였다. 안합 같은 사람이야말로 진정 부귀영화를 싫어한 사람이라고 하겠다.

〈해설〉

이 이야기 역시 『여씨춘추』에 그대로 실려 있다.

9

그래서 옛사람들도 '도의 본질적인 부분은 인간으로서 자기를 완성하는 데 쓰고, 그 나머지 부분은 국가를 다스리는 데 쓰고, 그다음 찌꺼기는 천하를 통치하는 데 쓴다'고 말했다. 따라서 제왕이 세상을 다스리는 일은 성인이 여가 있을 때 심심풀이로 하는 일에 지나지 않는다. 하물며 그것이 자신의 도를 완성하고 주어진 생명을 살려 나가는 길이 아닌 것이 명백하다.

그런데도 요즘 군자들은 부귀영화를 위해 자기 몸을 위태롭게 하는가 하면, 자기의 생명을 외물의 희생이 되게 하고 있으니 이 어찌 슬픈 일이 아니겠는가.

그러므로 성인은 반드시 자신이 지향해 나아가야 할 뚜렷한 목표 의식과 함께 그가 행동해 나아갈 구체적인 지침이 서 있어야 하고, 사물의 본말과 경중을 그르치는 일이 있어서는 아니 된다.

실례를 들어 말해 보자. 여기 한 사나이가 아주 귀중한 '수후(隨候)의 구슬'을 가지고 천 길 높이 날아가는 참새를 맞히려고 한다면 세상 사람들은 틀림없이 그를 비웃을 것이다. 왜냐하면 그가 가지고 있는 구슬은 참으로 귀중한 데 비해 그가 잡으려는 참새는 정말 보잘것없는 것이기 때문이다. 우리의 생명이 어찌 '수후의 구슬'의 귀중한 정도에 그치겠는가.

〈해설〉

＊ 수후(隨候)의 구슬 : 수(隨)나라 왕이 보배로 삼고 있던 구슬. 이 이야기 역시 말이 약간 다른 데가 있긴 하지만『여씨춘추』귀생편에 실려 있다.

10

열자(列子) 선생은 집이 가난해서 겉보기는 늘 굶주린 얼굴을 하고 있었다. 어느 외국인이 그것을 보고 정(鄭)나라 재상인 자양(子陽)에게 말했다.

"열자는 틀림없이 도를 체득한 사람일 것입니다. 그런데 대감이 다스리는 이 나라에 살면서도 저렇게 궁핍하다면, 대감이 인재를 사랑할 줄 모른다는 말을 들으셔도 별수 없을 것입니다."

자양은 곧 관리에게 명령하여 열자 선생한테 쌀을 가져다주게 했다. 그러나 열자 선생은 사자를 만나자 두 번 절하고 사양했다. 그 사자가 돌아가고 열자 선생이 집안으로 들어가자, 그의 아내는 원망스럽다는 듯 가슴을 치면서 지청구를 댔다.

"나는 일찍이 '도인의 처자는 모두 다 즐겁게 살 수 있다'는 말을 들었다오. 그런데 지금 나는 이렇게 굶주림을 당해야 하니 어찌된 일이오? 자양 대감께서는 자기의 잘못을 뉘우치고 당신에게 쌀을 보내주었건만, 이것을 받지 않으시다니 말이 돼요? 결국은 가난이 내 운명인가요?"

열자 선생이 웃으면서 말했다.

"자양은 자기 판단으로 나를 인정해 준 게 아니라 남의 말을 듣고 쌀을 보내준 거라오. 그러니 장차 나에게 죄를 씌우는 일이 있다 해도 역시 남의 말에 의존하게 될 것이오. 내가 쌀을 받지 않은 것은 바로 이 때문이라오."

그렇지 않아도 후일 백성들은 반란을 일으켜 자양을 죽여 버렸다.

〈해설〉

＊ 열자(列子) : 내편 '소요유' 참조

이 이야기는 『열자』 설부편에도 나와 있다.

11

초(楚)나라 소왕(昭王)이 오(吳)나라 군대의 침입으로 수도를 빼앗기고 타국에 망명했을 때였다. 양을 잡는 백정 도양열(屠羊說)이 왕을 수행했다. 소왕이 환국하자 수행했던 사람들에게 상을 내리게 되었는데 도양열도 그 속에 끼게 되었다.

그러나 도양열은 상 받을 차례가 되자 이렇게 말했다.

"대왕께서 나라를 잃으시자 소생도 백정의 직업을 잃었습니다. 그러나 대왕께서 나라로 되돌아오시자 소생도 백정의 직업을 되찾을 수 있게 되었습니다. 소생의 벼슬과 녹은 이미 회복된 셈입니다. 새삼 무슨 상을 주신단 말씀입니까?"

이 말을 전해 들은 소왕은 신하에게 명령했다.

"억지로라도 받게 하라."

그러나 도양열은 이렇게 말했다.

"대왕께서 나라를 잃으신 것은 소생의 책임이 아니므로 그 일로 벌을 받을 수는 없습니다. 그리고 대왕께서 이번에 환국하신 것도 소생의 공은 아니므로 상을 받을 수 없습니다."

이 말을 전해 들은 왕은 분부했다.

"그를 나에게 데려오너라."

임금 앞에 나타난 도양열이 말했다.

"우리나라의 법도에 따르면 큰 공로가 있는 자라야 상감께 알현할 수 있습니다. 그런데 소생의 지혜는 기우는 나라를 구할 만큼 출중하지도 못했고, 적과 싸워 죽을 만한 용기도 소생은 갖고 있지 못했습니다. 오나라 군대가 서울에 쳐들어오자 소생은 화를 두려워해서 도망을 쳤을 뿐이며 결코 충성심이 있어서 대왕께 수행한 것은 아니었습니다.

그런데 이제 대왕께서 나라의 법도를 무시하시고 군율을 깨시면서까지 소생을 만나고 계십니다. 이래 가지고는 세상에 대한 소생의 명성도 땅에 떨어지고 말 것입니다."

왕은 장군인 사마자기(司馬子綦)에게 일렀다.

"도양열은 지위는 비록 비천하나 도의에 대한 기개는 매우 높구나. 그대는 나를 대신하여 그에게 공작의 지위를 주도록 주선해 보라."

이 소식을 들은 도양열이 말했다.

"공작의 지위가 양백정의 점포보다 고귀하고, 십만 종(鐘)의 녹이 양을 잡아 파는 이익보다 큰 것은 소생도 잘 알고 있습니다. 그러나 어찌 작록을 탐한 나머지 우리 상감께서 상을 아무에게나 함부로 내리신다는 비난을 들으시게 할 수 있겠습니까. 소생은 결코 그 지위를 받을 수 없습니다. 원컨대 양을 잡는 가게로 돌아가게 해 주십시오."

이렇게 하여 그는 끝내 작위를 받지 않았다.

〈해설〉

＊ 초(楚)나라 소왕(昭王) : 평왕(平王)의 아들. 평왕에게 피살된 오사(吳奢)의 아들 오원(吳員)이 오(吳)나라 군대를 이끌고 초나라에 쳐들어오자 소왕은 망명했었다.

이 이야기는 『한시외전』 염계편에도 똑같은 문장으로 실려 있다.

12

원헌(原憲)은 노(魯)나라 사람이었다. 하도 가난해서 한 길 사방의 담으로 에워싸인 오막살이에 살고 있었다. 지붕은 푸른 풀로 이었고, 쑥대로 엮은 문은 시늉뿐이었다. 대문 지도리는 뽕나무였고, 벽에는 창문 대신 밑이 깨어져 나간 독을 대었으며, 방이라곤 두 개뿐인데 누더기를 창 틈새에 틀어박아 놓았다.

지붕에서는 비가 새었고, 방바닥은 습기가 차서 눅눅한 형편없는 집이었다. 그래도 원헌은 이 집 안에 단정히 앉아서 거문고를 뜯고 노래를 부르면서 유유히 도를 즐기고 있었다.

어느 날 자공(子貢)이 찾아왔다. 그는 큰 말이 끄는 마차를 타고 감색 속옷에 흰 겉옷을 걸쳤다. 고급 마차라 좁은 골목에 들어올 수가 없었다. 한편 원헌은 가죽나무 껍질로 만든 관을 쓰고 해어진 신을 끌고 명아주 지팡이를 짚고 대문에 나타났다. 원헌의 모습을 보자 자공이 말했다.

"아 선생은 왜 그리도 기색이 병들어 보이십니까?"

그 말에 원헌은 이렇게 대답했다.

"내가 들은 바로는 재물이 없는 것을 가난하다 하고, 배운 것을 실천하지 못하는 것을 병들었다고 하더군요. 내 비록 가난하기는 할망정 병이 든 것은 아닙니다."

자공은 멈칫하면서 얼굴을 붉혔다. 그러자 원헌은 웃으면서 말했다.

"세상 눈치를 보며 행동하고 도당을 만들어 끼리끼리 어울리며, 허영을 위해 배우고 자기 이익을 위해 제자를 가르치며, 인의를 팔아 나쁜 짓을 하고 거마(車馬)로 외면을 꾸미는 것은 내가 차마 흉내 내지 못하는 일들입니다."

〈해설〉

＊ 원헌(原憲) : 공자의 제자. 청빈으로 유명했다.

＊ 자공(子貢) : 공자의 고제자(高弟子).

이 이야기는 『한시외전』 증자사편, 『신서』 절사편에도 실려 있다.

13

증자(曾子)가 위(衛)나라에 살고 있을 때였다. 입은 누비옷은 천이 닳아서 솜이 내다보이고, 안색은 영양실조로 부은 것 같고, 심한 노동으로 손발에는 군살이 박혀 있었다. 사흘이나 밥을 짓지 못하는 수도 있었고, 십 년이 되도록 새 옷을 갈아입지 못했다. 관을 고쳐 쓰면 끈이 끊어지고, 옷깃을 여미면 팔이 나왔으며, 신을 신으면 뒤꿈치가 드러나 보였다.

그래도 증자는 태연히 신을 끌면서 상송(商頌)을 읊조리니 그 소리는 천지에 가득 찼고 그 목청은 금석(金石)이 울리는 것 같았다. 그의 안중에는 부귀 같은 것이 보이지 않았으므로 천자도 그를 신하로 삼지 못했고,

제후도 그를 친구로 삼지 못했다.

그러므로 뜻을 고상하게 기르는 사람은 육체의 문제 같은 것은 잊어버리고, 육체를 잘 양육하려는 사람은 재물의 이익 같은 것은 잊어버리고, 도를 체득한 사람은 마음까지도 잊은 채 유유자적할 수 있다.

〈해설〉

＊ 상송(商頌) : 은(殷) 시대에 성왕(聖王)을 찬미한 노래. 『시경』에도 상송이라는 것이 있다.

『한시외전(韓詩外傳)』과 『신서(新序)』에도 이 이야기가 나온다.

14

공자가 한번은 안회(顔回)에게 말했다.

"회(回)야, 너는 집도 가난하고 지위도 낮은데 왜 벼슬을 하지 않느냐?"

안회가 대답했다.

"벼슬하고 싶은 생각은 없습니다. 저에게는 성 밖에 50무(畝)의 밭이 있으니 죽을 쑤어 먹는 데는 부족함이 없습니다. 또 성안에는 10무의 밭이 있어서 뽕과 삼을 심어서 옷은 해 입는 데 지장이 없습니다.

거문고를 뜯으면서 스스로 즐기기에 족하고, 선생님한테서 배운 도는 제 마음을 즐겁게 하는 데 충분합니다. 그러니 벼슬 따위엔 뜻이 없습니다."

공자는 자기도 모르게 안색을 고치고 말했다.

"과연 네 뜻이 가상하구나. '족한 줄을 아는 사람은 이익에 눈이 어두워 저를 괴롭히는 일을 하지 않으며, 유유자적하는 사람은 무엇을 잃어도 겁내지 않고, 덕행이 안으로 닦여진 사람은 지위가 없어도 부끄러워하지 않는다'는 말을 들었다.

나는 오래전부터 이 말을 애송해 왔거니와 지금 너에게서야 비로소 그 산 증거를 발견했구나. 이야말로 내 귀중한 수확이로다."

15

중산(中山)에 봉해진 위(魏)나라 공자(公子)인 모(牟)가 첨자(瞻子)에게 말했다.

"나의 몸은 강해(江海) 기슭에 살고 있으면서도 나의 마음은 서울(魏闕)로 달리고 있습니다. 어찌하면 좋겠습니까?"

"자기 생명을 중히 여기시면 됩니다. 생명을 중히 여기시면 세속적인 명리(名利) 따위가 마음을 어지럽히지 못합니다."

"그것은 알고 있지만 내가 내 마음을 억제할 수 없구료."

"자기를 억제할 수 없으면 그 생각대로 따르는 것이 좋습니다."

"그러면 양심에 가책이 안 될까요?"

"자기를 억제하지 못하면서 억지로 그 생각을 외면하려 하면 이중으로 자기를 손상시키는 것이 됩니다. 이중으로 자기를 손상시키는 사람은 자기 일신뿐 아니라 자손까지도 망하게 합니다."

위(魏)나라 모(牟)는 만승 대국의 공자다. 그런 그가 바위굴 속에서 숨어 사는 것은 일반 평민의 경우보다 훨씬 더 견디기 어려웠을 것이다. 이런 점에서 살펴볼 때 그는 도까지는 이르지 못했다 해도 구도자로서의 의욕만은 충분한 인물이라고 할 수 있겠다.

〈해설〉

＊ 첨자(瞻子) : 도가(道家)의 학자인 첨하(瞻何). 그의 언행은『여씨춘추』,
『회남자』에도 보인다.

이 글은『여씨춘추(呂氏春秋)』심위편(審爲篇),『회남자(淮南子)』도응편(道
應篇)에 실려 있다.

16

공자는 진(陳)나라와 채(蔡)나라 국경에서 이레 동안이나 불에 익힌 밥
을 먹지 못했다. 명아주 국에는 쌀가루가 섞여 있지 않았으며, 그의 안색
은 몹시 피로해 보였다. 그러나 공자는 태연히 방에 들어앉아 거문고를
뜯으며 노래 부르고 있었다. 안회는 나물을 고르고 있었다. 이때 자로(子
路)와 자공(子貢)이 나타나 불평을 털어놓았다.

"우리 선생님은 두 번이나 노(魯)나라에서 추방되셨고, 위(衛)나라에서
는 발자국까지 지워지는 박해를 받으셨다. 송(宋)나라에서는 나무꾼이 나
무를 베어 쓰러뜨리는 바람에 그 밑에 계시던 선생님께서는 쓰러지는 나
무에 깔려 돌아가실 뻔하셨다.

상(商), 주(周)에서도 심한 고생을 하셨는데, 이곳 진(陳)나라와 채(蔡)나
라 국경에서는 다시 포위까지 당하셨다. 그러나 지금까지 선생님을 해치
려던 자들은 처벌된 일이 없었고 선생님께 욕을 보인자들도 잡힌 일이
없었다.

그런데도 선생님께서는 태연자약하셔서, 노래 부르시고 거문고 뜯기를
그만두실 기색조차 보이시지 않는다. 군자란 이렇게도 창피를 모르는 것

일까?"

안회는 아무 대답도 하지 않은 채 방에 들어가 공자에게 그 이야기를 전했다. 그러자 공자는 거문고를 밀어젖히면서 길게 한숨을 내쉬었다.

"자로와 자공은 소인이로구나. 불러오너라. 내가 이야기해 주리라."

그들 둘이 불려 들어오자, 자로가 먼저 말했다.

"선생님께서 지금 겪고 계시는 상황이야말로 궁하다고 해야 할 것입니다."

공자가 말했다.

"그게 무슨 소리냐? 군자가 도에 통달하는 것을 통(通)이라 하고, 도에 막혀 도를 얻지 못하고 곤경에 빠진 것을 궁(窮)이라 한다. 지금 나는 인의의 도를 지니고 있으나 난세의 고통을 겪고 있는 것뿐이니 이걸 어찌 '궁'이라 하겠느냐.

그래서 나는 마음속으로 반성해 보아도 도에 궁한 것은 아니니 어려운 일을 당하고도 덕을 상실하는 일은 없었느니라. 추운 겨울이 와서 서리가 앉고 눈이 내려도 소나무와 측백나무가 여전히 청청함을 알 수 있듯이, 인간도 역경을 당할 때 그 진가가 나타나는 법이다.

그런 의미에서는 여기서 지금 당하는 고난도 오히려 다행한 일이라고 할 수 있지 않겠느냐."

이렇게 말한 공자는 다시 거문고를 끌어당겨 뜯으며 노래 부르기 시작했다. 스승의 말에 기운을 얻은 자로는 방패를 손에 들고 장단에 맞추어 춤을 추었다.

자공이 말했다.

"나는 지금껏 하늘이 높은 줄도 땅이 낮은 줄도 몰랐었구나."

이 이야기로도 알 수 있듯이 옛날의 도를 체득한 사람들은 역경에 처해서도 순경에 처해서도 도를 즐겼다. 그들이 즐긴 것은 도 자체요, 결코 역경에 있다든가 순경에 처해 있다든가 하는 것이 아니었다.

일단 도를 체득한 사람들에게는 세상에서 말하는 부귀, 영락 따위는 바람과 비, 추위와 더위의 주기적 변화 정도로밖에는 생각되지 않았다. 그래서 허유(許由)는 영수(潁水)의 북쪽에서 도를 즐기고, 주(周)의 공백(共伯)은 구수산(丘首山)에서 유유자적할 수 있었던 것이다.

〈해설〉

이 이야기는 『여씨춘추』 신인편(愼人篇), 『풍속통의(風俗通義)』 궁통편(窮通篇)에도 나와 있다.

17

순임금이 그의 친구 북인무택(北人無擇)에게 천하를 양보하려 하자 그는 이렇게 말했다.

"자네는 참으로 이상도 하군. 전원에 살면서 부귀를 탐내어 요임금 집에 드나들더니 임금이 되지 않았던가? 그것뿐이라면 또 모르겠네. 그 더러운 행위로 나까지도 욕되게 하려 하다니! 난 자네를 만나는 것조차 창피하다네."

이렇게 말한 그는 청령(淸泠)이라는 못에 몸을 던져 죽고 말았다.

〈해설〉

✻ 북인무택(北人無擇) : 북쪽에 살던 무택(無擇)이라는 전설적인 도인.

이 이야기는 『여씨춘추』 이속람(離俗覽)에도 나와 있고, 『회남자』 제속
훈(齊俗訓)에는 그 줄거리가 실려 있다.

18

은의 탕왕이 하의 걸왕을 정벌하려 했을 때 먼저 변수(卞隨)를 찾아가
상의했다. 그러자 변수가 딱 잘라 말했다.

"그런 것은 나와는 관계없는 일이오."

탕왕이 다시 말했다.

"그럼 누구와 상의하는 것이 좋습니까?"

"난 모르오."

탕왕은 무광(務光)을 찾아가 상의했다.

무광도 말했다.

"내가 알 바 아니오."

탕왕이 다시 물었다.

"그럼 누구와 상의하는 것이 좋겠습니까?"

"모르겠소."

"이윤(伊尹)이면 어떻겠습니까?"

"그는 아주 끈질긴 노력가요. 부끄러움을 모르는 사람이기도 하고. 더
이상은 모르겠소."

이리하여 탕왕은 이윤과 상의해서 걸을 정벌하여 승리를 거두자, 이번

에는 임금의 자리를 변수에게 양보하려 했다. 그러나 변수는 말했다.

"왕께서 걸을 정벌하려 하실 때에 나에게 상의하신 것은 틀림없이 나를 역적질이라도 할 사람으로 보셨기 때문일 것이오. 그런데 걸을 치고 천하를 차지하시자, 나에게 임금의 자리를 물려주려 하시는 것은 필시 나를 탐욕스런 사람으로 보셨기 때문일 것이오.

나는 이러한 난세에 태어난 것도 슬픈데, 무도한 당신 같은 사람이 두 번이나 찾아와 그 욕된 행위로 나를 더럽혔소. 나는 그런 소리를 또다시 듣기 싫소."

이렇게 말한 변수는 주수(椆水)에 몸을 던져 죽고 말았다.

탕왕은 다시 무광에게 임금의 자리를 물려주려 했다.

"지혜 있는 자가 천하의 평정을 획책하고, 무력을 지닌 자가 이를 실행하고, 인의 덕을 지닌 자가 그 평정된 천하에 군림하는 것은 예로부터 전해 오는 도리입니다. 꼭 선생께서 천자의 자리에 오르셔야겠습니다."

무광이 말했다.

"신하로서 군주를 추방하는 것은 의가 아닙니다. 전쟁을 일으켜 백성을 죽이는 것은 인이 아닙니다. 또 남이 어려움을 무릅쓰고 일을 해 놓은 다음에 가만히 지켜보던 내가 그 이익을 가로챈다는 것은 염치없는 일이라 할 것입니다. 이런 말이 있습니다.

'의롭지 않은 자에게서는 녹을 받지 아니하고, 무도한 세상에는 발을 들여놓지 않는다.'

항차 내가 천자가 되다니 있을 수 없는 일입니다. 나는 이런 꼴을 더 이상 보고 있을 수 없습니다."

무광은 돌을 지고 여수(廬水)에 빠져 죽고 말았다.

〈해설〉

이 이야기는 『여씨춘추』 이속람(離俗覽)에도 나와 있다.

19

옛날 주(周)가 일어날 때 고죽국(孤竹國)에 두 사람이 살고 있었다. 형을 백이(伯夷), 아우를 숙제(叔齊)라고 했다. 둘이서 상의했다.

"소문을 들으니 서쪽에 도를 체득한 것으로 보이는 사람이 있다더군."

"우리 시험 삼아 가 볼까?"

이리하여 두 사람은 기산(岐山) 남쪽까지 갔다. 이 소문을 들은 무왕(武王)은 동생인 주공(周公)을 보내 그들을 만나 다음과 같은 서약을 하게 했다.

"녹은 2급, 관직은 1급에 나아가게 한다."

그리고 동물을 죽여 그 피로 맹세하고 서약서를 땅에 묻게 했다.

형제는 그 어마어마한 의식을 보자 서로 눈짓을 하며 웃었다.

"아, 괴상도 하다. 이것은 우리들이 말하는 도와는 사뭇 다르구나. 옛날 신농씨(神農氏)가 천하를 다스릴 때에는 계절의 제사는 공경을 다해 지냈지만 복을 빌지는 않았고, 백성들에 대해서는 진실과 성실로 최고의 정치를 베풀면서도 그들에게 아무것도 요구하는 것이 없었다.

바른 정치를 하고 백성을 슬기롭게 다스리는 것을 즐거움으로 알고, 다른 나라가 무너지는 기회를 이용하고 타인의 약점을 이용하여 오만하게 굴고, 시세에 편승하여 이익을 취하는 행위는 일체 하지 않았다. 그런데 지금 주의 무왕은 은나라의 어지러움을 보자 갑자기 패자의 정치를 하려고 하여, 모략을 중히 여기고 뇌물을 쓰며 무력에 의존하여 위엄을 유지하려 하고 있다.

그리고 동물을 희생으로 써서 맹세하는 것을 신의라 착각하고 갖가지 선행을 선전하여 군중을 기뻐하게 만들고, 사람을 죽이는 전쟁을 감행하여 이익을 추구하고 있다. 이것은 이른바 혼란을 가라앉히기 위해서 또 하나의 폭행을 자행하는 짓이 아닌가.

듣건대 옛날의 도인들은 태평한 세상을 만나면 벼슬하기를 피하지 않고, 난세를 만나면 물러나서 구차하게 살려고 하지 않았다. 그런데 지금은 세상이 무도하여 은(殷)의 덕도 쇠할 대로 쇠했다. 이런 세상에서는 무도한 주(周)에 붙어 내 몸을 더럽히느니 차라리 내 몸을 결백히 하는 것이 낫겠다."

이렇게 말한 두 사람은 북쪽 수양산(首陽山) 밑에 이르러 그곳에 살다가 굶주린 끝에 숨을 거두고 말았다. 백이, 숙제 같은 사람이야말로 세상의 부귀 따위에 마음이 흔들리지 않았다. 오로지 절개를 지키고 바른 행실을 닦았고, 스스로 마음속에 중심을 잡은 도를 즐겼다. 이들이 절개 있는 사람으로 평가되는 이유도 바로 이 점 때문이다.

〈해설〉

＊ 고죽(孤竹) : 배달족이 중원 땅에 세운 나라 이름. 백이, 숙제는 그 군주의 아들이었다.

이 얘기는 『여씨춘추』 성렴편(誠廉篇)에도 실려 있다. 이상에서 본 바와 같이 제28부 양왕(讓王)에 실린 19개의 이야기들은 지금까지 도가에서 비난받아 온 무광(務光)이나 백이, 숙제 같은 인물들이 높이 평가받고 있다는 점에서 장자의 본래의 의도와는 다른 이질적인 성격을 띠고 있다. 더구나 대부분이 『여씨춘추』나 『회남자』 같은 데서 옮겨온 것으로서 도(道)와는 거리가 있는, 품격이 떨어지는 잡동사니들이다.

제29부 도척(盜跖)

1

공자는 유하계(柳下季)와 친구 사이였다. 그런데 유하계의 아우는 이름을 도척(盜跖)이라고 하는 유명한 도둑놈이었다. 도척은 졸개 9천 명을 거느리고 천하를 종횡으로 누비면서 제후들까지도 괴롭혔다. 남의 집에 구멍을 뚫고 들어가 문을 열고 우마를 끌어가는가 하면 부녀자를 납치해 가기 일쑤였다.

욕심을 채우기 위해서는 친척도 염두에 없고 부모 형제도 돌보지 않았다. 조상의 제사도 지낸 일이 없다. 그가 한번 지나가는 곳에서는 대국이면 성의 수비를 물샐틈없이 강화하고, 작은 나라는 성채 속으로 피해 들어가야 했으므로 백성들은 그 등쌀에 울상이었다.

이를 보다 못한 공자가 도척의 형인 유하계에게 말했다.

"무릇 아버지 되는 사람은 그 아들의 잘못을 타일러야 하고 형 되는 사람은 그 아우를 가르칠 수 있어야 합니다. 만약 아버지가 아들을 타이르지 못하고 형이 아우를 가르치지 못한다면 부자 형제의 혈연이 귀할 것도 없습니다.

지금 선생은 일세의 재사(才士)로 칭송을 받고 계시면서 아우는 큰 도둑으로 유명한 도척이 되어 천하에 해독을 끼치고 있는데도, 형으로서 이를 바로잡지 못하시니 나는 속으로 선생을 위해 이를 부끄럽게 여기고 있습니다. 나는 선생을 위해 도척에게 찾아가 설득하고자 합니다."

유하계가 말했다.

"방금 선생께서는 아비 된 사람은 아들을 타일러야 하고, 형 된 사람은 아우를 가르쳐야 한다고 말씀하셨습니다. 그건 지극히 당연한 말씀이십니다. 그러나 만약에 아들이 아비의 훈계를 듣지 않고 아우가 형의 가르침을 듣지 않을 경우에는 제아무리 뛰어난 선생의 웅변으로도 어찌할 수 있겠습니까.

게다가 척(跖)의 사람됨으로 말하자면 마음은 솟아나는 샘처럼 분방하고 의지는 휘몰아치는 회오리바람처럼 사납습니다. 어떠한 적도 막을 만한 강인한 힘과 어떤 잘못이라고 얼버무릴 만한 언변을 지녔으며, 자기 뜻에 순종하면 기뻐하고 거슬리면 성을 벌컥 내고 욕지거리를 밥 먹듯이 합니다. 선생께서는 부디 가지 마시기 바랍니다."

그러나 공자는 그 충고를 무시했다. 그는 안회로 하여금 마차를 몰게 하고 자공은 왼쪽에 앉게 하고 도척을 찾아 길을 떠났다.

〈해설〉

＊ 유하계(柳下季) : 노(魯)나라 현인(賢人).

2

한편 이때 도척은 부하들을 태산 남쪽에서 쉬게 하고 자기는 사람의 간을 회로 하여 간식을 들고 있었다. 그런 판에 찾아온 공자는 마차에서 내리자마자 앞으로 나아가 안내자에게 말했다.

"노(魯)나라 공구(孔丘)라는 사람이 장군의 높은 의를 사모한 나머지 이렇게 찾아왔습니다. 장군을 뵙고자 합니다."

안내자가 들어가 그 뜻을 전했다. 그러자 도척은 벌컥 화를 냈다. 두 눈은 불타는 별처럼 번쩍였고 머리카락은 일제히 곤두서서 관을 치받아 올렸다.

"아니 그놈은 정녕 노나라의 사기꾼 공구임에 틀림없으렸다. 내 말을 이렇게 전하도록 해라.

'너는 인의가 어떠니 예악이 어떠니 하고 말을 조작하는가 하면, 문왕의 도가 이렇고 무왕의 도가 저렇고 하면서 되지도 않는 소리만 지껄이고 다닌다. 머리에는 나뭇가지를 벗겨서 만든 어쭙잖은 관을 쓰고, 허리에는 죽은 소의 옆구리 가죽으로 만든 띠를 띤 꼬락서니라니!

그리고는 되지도 않는 소리만 지껄이면서 농사도 짓지 않고 밥 먹고, 길쌈도 하지 않으면서 옷을 입고 살아가지 않느냐. 그리고는 입술을 놀리고 혓바닥을 함부로 움직여서 제멋대로 시비를 가려 천하의 군왕들을 어리둥절하게 하고 있다.

어디 그것뿐인가. 천하의 선비들로 하여금 도의 근본으로 돌아가는 대신 효제(孝悌) 따위를 도덕인 양 착각해서 요행히 제후가 되고 부귀를 누렸으면 하는 생각을 품게 만들고 있는 것이다. 네 죄는 크고 허물은 무겁다. 우물쭈물하지 말고 속히 꺼져라. 그렇지 않으면 네 간을 도려내어 점심 만찬에 보태도록 하리라.'

이렇게 공구에게 일러라."

3

안내자에게서 도척의 말을 전해 들은 공자는 다시 한번 면회를 간청했다.

"나는 친형이신 유하계 선생과는 친구 사이입니다. 원컨대 진중에서 장군의 모습이라도 바라보게 해 주셨으면 원이 없겠습니다."

안내자가 다시 이 뜻을 도척에게 전하자 도척이 말했다.

"그러면 데리고 오라."

공자는 잔걸음으로 도척 앞에 나아간 다음, 자리에 앉지 않고 조심스레 물러난 다음 그에게 두 번 절했다. 그러나 도척은 크게 노한 모습으로 두 다리를 쭉 뻗고 앉아, 칼자루에 손을 댄 채 두 눈을 부라리고 새끼 거느린 어미 호랑이처럼 으르렁댔다.

"구(丘)야, 앞으로 나오라. 네 놈 말이 내 뜻에 맞으면 살려 두려니와, 내 비위에 거슬리면 네 놈은 죽고 살아남지 못하리라."

공자가 말했다.

"듣건대 천하에는 세 가지 덕이 있다고 합니다. 타고나기를 몸이 장대하고 아름답기 비길 데 없어서 늙은이, 젊은이, 귀한 사람, 천한 사람 가릴 거 없이 보는 사람마다 좋아하는 것이 상덕(上德)이요, 지혜는 천지를 포용하고 능력은 만물을 뒤덮는 것이 중덕(中德)이요, 용맹하고 과감해서 여러 사람을 모으고 병졸을 지휘하는 것이 하덕(下德)입니다. 사람으로서 이 중의 어느 한 덕만 가졌다고 해도 남면하여 군주가 되기에 충분합니다.

그런데 장군께서는 이 세 가지 덕을 전부 다 구비하고 계십니다. 장군의 키는 8척 2촌(2미터 48센티), 얼굴에서는 광택이 나고, 입술은 붉은 칠을 한 것 같고, 이는 조개라도 늘어놓은 듯 아름다우며, 목소리는 황종

(黃鐘)의 가락과 맞습니다. 그런데도 불구하고 세상에서는 장군님을 도둑놈이라고 부르고 있습니다.

저는 장군님을 위해 이 사실을 부끄럽게 여기고 있으며 장군께서 지금처럼 처신하시는 데 찬성할 수 없습니다. 장군께서 제 말씀만 들어 주신다면 저는 남으로는 오(吳), 월(越), 북으로는 제(齊), 노(魯), 송(宋), 위(衛), 서로는 진(晉), 초(楚)에 사신이 되어 찾아가 그들 나라의 제후들을 설득하여 장군을 위해 사방 수백 리의 큰 성을 쌓고, 수십만 호의 대도시를 건설한 다음 장군을 높여 제후로 삼도록 하겠습니다.

그리고 장군께서 천하의 제후들과 함께 정치를 일신하여 전쟁을 그만두고 병졸을 쉬게 하며, 형제들을 거두어 함께 사시면서 조상에게 제사 지내어 효를 다하신다면 이야말로 성인과 현인에 어울리는 행실이요, 천하가 다 원하는 일일 것입니다.”

4

공자의 말을 다 들은 도척은 왈칵 성을 냈다.

“구야, 앞으로 썩 나오라. 무릇 이익으로 타이르고 감언이설로 설득할 수 있는 사람이란 다 어리석은 무리로 정해져 있느니라. 너는 나를 보고 장대하고 얼굴이 잘생겨서 남들이 나를 보고 좋아한다고 하였거니와 이것은 내 부모의 유덕일 뿐 내 탓은 아니다. 네가 추켜세우지 않는다고 내가 그런 것쯤 모르겠느냐?

그리고 ‘즐겨 남의 면전에서 칭찬하는 사람은 또 곧잘 등을 돌리면 욕을 한다’는 말이 있다. 또 너는 큰 성과 많은 백성을 주어 나를 제후로 삼아 주겠다고 했거니와, 이는 이익으로 나를 꾀고 세상의 바보들처럼 취급하려는 태도에 지나지 않는다. 제후가 되었다 해서 그게 언제까지나 지속되겠느냐?

성이 크다고 해도 천하보다 더 큰 성은 없을 것이다. 그 천하를 요순은 자기 것으로 만들었으나 그 자손들은 지금 송곳 꽂을 땅뙈기 하나 갖지 못하고 있다. 또 탕왕, 무왕도 천자가 되었으나 그 자손은 지금 끊어지고 말았다. 이렇게 된 것은 그들이 차지한 이익이 너무나 컸기 때문이 아닌가?"

5

도척은 말을 계속했다.

"또 나는 이런 말을 들었다. 태고에는 새나 짐승이 많고 인구는 적었으므로, 사람들은 나무에 올라가 보금자리를 틀고 살았다. 낮에는 도토리와 밤을 줍고, 밤이 되면 나무 위에서 잠을 잤다. 그래서 이때의 사람들을 '유소씨(有巢氏)의 백성'이라고 했다.

또 옛날에는 의복 입는 것을 몰라서 여름이면 나무를 해서 많이 쌓아 두었다가, 겨울이 오면 그것으로 불을 때어 몸을 덥혔다. 그래서 이 시기의 사람들을 '본능적으로 살아온 백성'이라고 부른다. 그 후 신농씨(神農氏)가 다스릴 때만 해도 잘 때에는 마음을 푹 놓고 자고, 일어나 있을 때는 멍청하게 지냈다. 사람들은 그 어미는 알았지만 아비가 누구인지는 모르고 사슴들과 함께 살았다.

스스로 농사지어 배 불리고, 스스로 길쌈해서 옷 지어 입었다. 남을 해칠 생각은 꿈에도 하지 않았다. 그러므로 이때까지를 이상적인 덕에 의해 살아가던 황금 시기라고 할 수 있다.

그러나 시대가 바뀌어 황제(黃帝) 때가 되었다. 이때는 사람들이 자연의 덕을 유지하지 못했다. 그 때문에 황제는 치우(蚩尤)와 탁록(涿鹿)의 들판에서 싸워 피가 흘러 백 리를 물들이기에 이르렀다. 전쟁의 시초였다.

그후 요와 순이 천자가 되자 여러 가지 벼슬을 두어 인위적인 정치를 했다. 그 뒤 은의 탕왕은 자기 임금인 하의 걸왕을 내쫓았고, 주의 무왕은 은의 주왕을 죽이게 되었다.

그 후부터는 강한 자가 약한 자를 못살게 굴고, 다수의 나라들이 소수의 나라들을 짓밟게 되었다. 탕왕, 무왕 이래의 사람들은 난신적자(亂臣賊子) 아닌 자가 없었다. 그런데 너는 지금 문왕, 무왕의 엉터리 도를 배워 가지고 천하의 언론을 장악하여 사람들을 오도하고 있다.

큰 옷에 넓은 띠를 매고 터무니없는 말과 위선적 행위로 천하 군주들을 속여서 부귀를 얻고자 한다. 도둑이라면 너 만한 도둑이 다시없다. 그런데도 왜 세상 사람들은 너를 도구(盜丘)라고 하지 않고 나만 도척(盜跖)이라고 부르는지 모르겠다."

6

도척은 말을 계속했다.

"너는 감언이설로 자로(子路)를 설득하여 그의 높은 무인(武人)의 관을 벗게 하고 긴 칼을 몸에서 떼어내게 하여 너의 제자로 삼았다. 그걸 보고 멋모르는 세상 사람들은 누구나 다 '공구는 능히 폭력을 그치게 하고 비행(非行)을 금하게 했다'고 찬양했다. 그러나 결국은 어떻게 되었던가?

자로는 위(衛)나라 군주를 죽이려다가 실패하여 그 나라 동문(東門)에서 사형이 집행되었고, 그 시체는 젓갈로 담기고 말았다. 이것은 네 가르침이 모자랐기 때문이었다.

너는 스스로 현인, 성인으로 자처하는지 모르나 두 번이나 노나라에서 추방되었고, 위(衛)나라에서는 발자국까지 지워지는 박해를 받았고, 제(齊)나라에서는 죽을 고생을 했고, 진(陳)나라와 채(蔡)나라 국경에서는 포위까지 당했으니, 천하에 네 한 몸도 용납할 곳이 없는 형편이 아니더냐?

그리고 제자를 교육시킨답시고 자로에게 그런 재앙을 가져다주었으니 위로는 자기 몸조차 보존 못 하고 아래로는 남을 지도하지도 못한 것이 명백하니, 너의 도라는 것이 무엇이 그리도 대단하단 말이냐."

7

도척의 말은 다시 이어졌다.

"세상에 높이 받드는 인물치고는 황제만 한 이가 없다. 그러나 그 황제조차도 무위자연의 도를 완전히 유지하지 못하고 탁록의 들판에서 싸운 결과 피가 백 리나 흐르도록 사람을 많이 죽게 했다.

또 요는 자식에게 인자하지 못했고, 순은 어버이에게 불효한 사람이었다. 우는 자기 자신을 혹사하여 반신불수가 되었고, 탕은 자기 임금을 추방하고, 무왕은 주왕(紂王)을 죽였고, 문왕은 유리(羑里)에 감금당했다.

이들 여섯 사람은 성인이라 하여 세상에서는 모두들 받들고 있지만, 자세히 따져 보면 모두 다 제 이익 때문에 진실을 망치고 자기의 본성에 어긋나는 짓을 했으니 그들의 행위는 매우 창피스러운 것이었다.

이와 똑같은 이야기를 소위 현인들에 대해서도 말할 수 있다. 세상에서는 이른바 현인으로서 제일 먼저 백이, 숙제를 꼽거니와 그들의 시체는 땅에 묻히지도 못하고 버려졌다. 포초(飽焦)는 의사(義士) 흉내를 내고 세상을 비난하다가 나무를 껴안고 죽었다. 신도적(申徒狄)은 임금에 간해도 채택이 안 되자 돌을 지고 황하에 뛰어 들어가 고기와 자라의 밥이 되었다.

개자추(介子推)는 더없는 충신이어서 자기의 다리 살을 베어 문공(文公)을 먹이기까지 했다. 그러나 문공이 환국한 후 배신하자 그는 성을 내고 도망했다가 마침내 나무를 껴안은 채 타 죽고 말았다. 또 미생(尾生)은 애인과 다리 밑에서 만나기로 했었는데, 여자는 안 오고 물은 불어났으나 떠나지 않고 버티다가 다리 기둥을 안고 죽었다.

이들 여섯 사람은 목을 매단 개나 물에 빠진 돼지 혹은 쪽박을 들고 대문 앞에 선 거지나 다름없었다. 모두 다 명성에 얽매여 죽음을 가볍게 알고, 타고난 생명의 존귀함을 망각하고 수명을 유지할 줄 몰랐던 자들이었다.

충신에 있어서도 마찬가지다. 세상에서는 으레 왕자 비간(比干)이나 오자서(伍子胥)를 들먹이지만, 오자서는 그의 피살된 시체가 장강에 던져졌고 왕자 비간은 심장을 도려내는 참혹한 꼴을 당했다. 이들 둘을 세상에서는 충신이라 이르지만 결국은 천하의 웃음거리가 된 것밖에는 무엇이 되었단 말인가.

위로는 황제에서부터 시작하여 아래로는 왕자 비간, 오자서까지의 일을 생각해 볼 때 세상이 칭찬하는 사람들이란 다 신통치 못한 자들이다.

네가 나에게 말하는 것이 만약 귀신에 관한 일이라면 모르거니와 그것이 사람에 관한 일이라면 이상에서 내가 말한 범주를 벗어나지 못할 것이다. 그런 것쯤은 나도 잘 알고 있다."

〈해설〉

＊ 포초(鮑焦) : 주(周)나라 은사.

8

도척은 다음과 같은 결론을 내렸다.

"인간의 성정이라는 것이 어떤가에 대해 너에게 말해 주겠다. 눈은 아름다운 빛을 보려 하고, 귀는 아리따운 소리를 듣기 좋아한다. 또 입은 맛있는 음식을 먹으려 들고, 의지는 욕망을 충족시키려 한다.

이것이 인간의 자연스런 모습이다. 그런데 인간의 일생이라는 것이 얼마나 길단 말인가? 아주 오래 산다고 해야 고작 백 살, 웬만큼 살아야 여든 살, 겨우 장수했다고 할 수 있을까 말까 한 것이 예순 살 정도다. 그래도 이것은 장수한 축에 든다. 이 중에서 병과 문상하는 시간과 근심에 잠기는 기간을 빼면, 입을 열어 웃을 수 있는 시간은 한 달에 겨우 4, 5일에 지나지 않는다.

천지는 무궁한데 사람은 죽을 시기가 한정된 유한한 존재다. 이 유한한 몸을 이끌고 무궁한 천지 사이에서 의지해 있는 인간의 운명은, 비유하자면 문틈 사이를 천리마가 달려 지나가는 것과 같다고 할까. 이 잠깐의 일생에도 그 뜻을 만족시키지 못하고, 그 목숨을 완전히 유지해 가지 못하는 자는 누구든지 도에 통하지 못한 것이 틀림없다.

네가 하는 말은 다 내 뜻에는 맞지 않는 것이니 두말 말고 빨리 꺼지는 것이 현명하리라. 너의 말이란 것은 미친놈의 잠꼬대요 사기꾼이 중얼대는 허튼소리니 그런 것으로 인간의 진실이 보존될 리가 없다. 이제 무엇을 논하고 말고 할 건더기가 있겠느냐?"

9

도척에게 혼이 난 공자는 두 번 절하고 종종걸음으로 물러나 문을 나서자, 대기시켜 놓았던 마차에 오르려 했지만 세 번이나 고삐를 놓칠 만큼 정신이 나가 있었다. 눈은 흐리멍덩해서 보이지 않고, 안색은 불 꺼진 재와도 같이 창백했다.

그는 마차의 횡목(橫木)을 잡고 고개를 떨어뜨린 채 숨도 제대로 쉬지 못했다. 겨우 노나라 수도의 동문 밖까지 왔을 때 우연히 유하계와 마주쳤다. 유하계가 말을 걸었다.

"요 며칠 사이에 전혀 뵙지 못했습니다. 마차를 보니 어디 다녀오시는 길인 모양이신데 혹시 도척을 만나려 가셨던 것은 아닙니까?"

공자는 하늘을 우러러 탄식하면서 말했다.

"그렇습니다."

유하계가 말했다.

"도척이 전에 말씀드린 대로 혹시 선생의 뜻을 거스르지는 않았는지요?"

공자가 말했다.

"사실 그대로였습니다. 나는 속담에 있는 대로 '병도 없는데 뜸을 뜨는' 격이 되고 말았습니다. 갑자기 달려가 호랑이 머리를 쓰다듬는 척하고 호랑이 수염을 뽑으려다가 하마터면 그 호랑이에게 잡아먹힐 뻔했습니다."

10

공자의 제자인 자장(子張)이 이기주의자인 만구득(滿苟得)에게 물었다.

"어째서 바른 행실을 닦지 않는가? 행실이 닦이지 않으면 신임을 받지 못하고, 신임을 받지 못하면 관직이 생기지 않고, 관직이 없으면 이익이 없다.

그러니까 명성을 얻고 이익을 챙기려 한다면 바른 행실을 닦는 것이 지름길이다. 명성이나 이익을 떠나 사람의 본성으로 돌아간다고 해도, 선비로서 단 하루라도 닦지 않으면 안 된다는 것을 알아야 한다."

만구득이 말했다.

"그렇지 않다. 바른 행위를 닦는다고 하여 명성이나 이익이 얻어지는 것이 아니라, 사실은 창피한 줄도 모르는 자가 부자가 되고 말 잘하는 자가 출세한다. 명사니 부호니 하는 자들이란 거의가 다 창피한 줄도 모르고 무책임한 말을 잘 지껄이는 자들이다.

그러니까 당신 말대로 명성을 얻고 이익을 챙기려 한다면 말 잘하는 것이 제일이다. 또 명리를 버리고 본성으로 돌아가려 한다고 해도, 욕망을 충족시키는 것이야말로 인간의 본성이므로 선비가 행실을 닦으려면 본능을 그대로 따르면 된다."

11

자장이 반박했다.

"당신은 도의의 가치를 부정하지만 진정한 부귀는 도의 속에만 존재한다. 옛날의 걸, 주는 귀하기로는 천자의 자리에 있었고 부유하기로는 천하를 소유하고 있었다. 그러나 지금은 종이나 마부에게 '네 행실은 걸주와 같다'고 해 보라. 그들은 창피해서 낯을 붉히고 못마땅한 얼굴을 할 것이다.

왜냐하면 그들 같은 소인들도 걸이나 주를 경멸하고 있기 때문이다. 그러나 중니(仲尼)나 묵적(墨翟)으로 말하면 궁한 일개의 필부에 지나지 않았다. 그런데도 재상에게 '당신의 행실은 중니, 묵적 같다'고 말한다면 그는 반드시 안색을 고치고 송구스러운 듯 겸손해할 것이다.

왜냐하면 누구나 그들을 진심으로 존경하기 때문이다. 그러므로 자기가 천자라고 해서 반드시 귀하다고 할 수 없으며, 궁핍한 필부라고 해서 반드시 천하다고 할 수 없을 것이다. 사람의 귀천의 구분은 행실의 좋고 나쁨에 따라 결정된다는 것을 알 수 있다."

만구득이 다시 반론을 제기했다.

"당신은 그런 말을 하지만 힘이야말로 곧 정의라는 것을 알아야 한다. 좀도둑은 붙잡히지만 큰 도둑은 제후가 된다. 그리고 제후 밑에는 정의를 위해 죽고 사는 의사(義士)가 있게 마련이다. 옛날 제(齊)나라 환공(桓公)은 이름을 소백(小白)이라 하는데 형을 죽이고 형수를 빼앗은 악당이었으나, 관중(管仲) 같은 인물도 지성으로 그를 섬겼다.

또 전성자상(田成子常)은 임금인 간공(簡公)을 죽이고 나라를 빼앗은 도둑이었지만, 공자 같은 이도 그의 폐백을 받았다. 이치(理致)로는 천시했지만 실제 행동에 있어서는 모두가 실력자 앞에서는 굽실거리기만 했다.

말과 행동이 이치와는 어긋나 가슴속에서 갈등을 빚고 있었을 것이니 이것 또한 모순이 아닌가. 옛 책에도 '어느 것이 나쁘고 어느 것이 좋은지 누가 알랴? 성공하면 우두머리가 되고 실패하면 그 밑에 깔린다'고 했다."

〈해설〉

＊ 전성자상(田成子常) : 제(齊)나라 진환(陳桓). 그가 간공(簡公)을 죽이고 나라를 훔친 이야기는 『장자』 외편 '거협'에도 나왔다.

12

자장은 다시 이렇게 반박했다.

"당신이 만약 도의를 닦지 않는다면 친소의 구별이 상실되고 귀천의 의가 없어지고, 장유의 질서가 무너져 오기(五紀), 육위(六位)의 인간관계를 장차 무엇으로 유지하겠는가?"

만구득이 다시 말했다.

"요임금은 큰아들을 죽였고, 순임금은 친동생을 귀양 보냈다. 이러할진대 어디에 친소의 구별이 있단 말인가? 탕왕은 신하의 몸으로 걸왕을 추방했고, 무왕은 임금인 주왕을 쳐죽였다. 어디에 귀천의 구분이 있단 말인가?

또 왕계(王季)는 자기 형을 밀어젖히고 대를 이었고, 주공(周公)은 형인 관숙(管叔), 채숙(蔡叔)을 죽였다. 그 뒤로 장유의 질서가 있다고 하겠는가?

유교도들은 거짓말을 식은 죽 먹듯이 늘어놓고, 묵자파는 박애를 주장하나 오기, 육위의 구분을 어디서 찾는단 말인가?

게다가 당신은 명성을 좇고, 이익과 명리를 추구하는 우리의 행위는 다 함께 바른 도리에 어긋나고 근본의 도를 간과하고 있는 것이 사실이다."

〈해설〉

＊ 오기(五紀) : 오륜(五倫).

＊ 육위(六位) : 제부(諸父), 형제(兄弟), 족인(族人), 제구(諸舅), 사장(師長), 붕우(朋友).

13

두 사람의 논쟁에 결론이 나지 않겠다고 생각한 만구득이 말했다.

"나는 전에 당신과 무약(無約) 앞에서 논쟁한 적이 있었다. 그때 무약은 이렇게 말했다.

'소인은 재산을 얻으려고 몸을 망치고, 군자는 명예를 차지하려고 자기를 희생한다. 이 양자가 자기의 타고난 성정을 바꾸어 버리는 방식에 있어서는 차이가 있다 하겠지만, 자기 본성을 포기하고 해서는 안 될 일로 몸을 망치는 점에서는 피장파장이다.

그러므로 옛말에도 이런 것이 있다.

〈소인이 되어 재물을 위해 몸을 망치지 말고 근본으로 돌아가 천성을 따르라. 군자가 되어 명예를 위해 자기를 희생하지 말고 하늘의 도리를 그대로 따르도록 하라. 처세에는 물 흐르듯 융통 자재할 것이며 무슨 일이 있어도 자기의 본성을 잘 살펴서 행동하고, 널리 사방을 살펴보아 시세의 변화에 얽매이지 말라.

시비에 집착하지 말고 항상 자유자재함을 유지하고, 세속에 초연해서 홀로 자기 뜻을 지키고 도를 벗하여 유유자적해야 한다.

행동을 늘 한 방향으로만 한정시키지 말 것이며, 도의적 규범을 과거의 것으로만 고정시키지 말아야 한다. 만약 한정하고 고정시키면 자신의 본성을 상실하고 말 것이다. 부(富)를 추구하지 말 것이며 공적을 세우려고 무리하는 일이 없도록 하라. 그렇게 하지 않으면 반드시 본성을 망치게 될 것이다.〉

이 교훈을 현실에 적응시켜 보자. 비간(比干)이 간하다가 심장이 갈라지고, 오자서(伍子胥)는 간하다가 눈을 도려내는 참혹한 형을 받은 것은 그들이 우직하게도 충성이라는 관념에 사로잡혔기 때문에 입은 재앙이었다.

직궁(直躬)이 아버지의 도둑질을 증언하고, 미생(尾生)이 약속을 지키려다가 물에 빠져 죽은 것은 신의에 얽매인 데서 온 비극이었다.

포초(飽焦)가 나무를 안고 죽고, 태자 신생(申生)이 무고한 죄를 덮어쓰고도 변명도 하지 않고 죽은 것은 청렴을 지나치게 숭상한 데서 온 폐해이며, 공자가 어머니의 임종을 보지 못하고, 광장(匡章)이 아버지에게 쫓겨난 것은 의를 너무 떠받든 데서 온 불행이다.

그리고 이러한 사실들은 옛날부터 전해 내려와서 후세의 이야기꺼리가 되고 있거니와, 군자가 되고자 하는 사람들은 바른말과 도덕적 행실에 집착하다가 이러한 재앙과 불행을 자초한 것이다.'

이 무약 선생의 말씀을 우리 두 사람의 결론으로 삼는 것이 어떠한 가?"

14

만족할 줄 모르는 세속적 욕망의 추구자인 무족(無足)이 무위자연의 철학자인 지화(知和)에게 물었다.

"인간으로서 명성과 이익을 추구하지 않는 자는 없다. 어떤 사람이 부자가 되면 사람들이 모여들고, 모여들면 굽실거리고, 굽실대다가 보면 그를 떠받들게 된다. 남들이 굽실대고 떠받들게 되는 것은 유쾌한 일이다. 따라서 이것은 사람이 오래 살고, 몸을 편안하게 하고, 마음을 만족시키는 비결이기도 하다.

그런데 당신만은 이런 일에 무관심해 보인다. 아는 것이 모자라기 때문인가? 알기는 하면서도 실천하지 못하기 때문인가? 아니면 도의를 실행하느라고 다른 생각을 할 여유가 없기 때문인가?"

지화가 대답했다.

"지금 부귀를 누리고 있는 자들은 자기와 같은 시대에 동일한 지역에 사는 사람들을 자기보다 못난 사람들이라고 얕보고, 자기만이 이 세상에서 뛰어난 큰 인물인 양 착각하기 일쑤다. 그러나 그들은 빈부귀천이 고금에 따라 바뀌는 우연한 시대적 소산이라는 것과, 시비가 상대적인 분별에 지나지 않는다는 것을 간파할 만한 판단력이 없는 속물들이다.

그들은 세상에 동조해서 세속화한 나머지 더없이 귀중한 자기의 생명과 본성을 무시하고 내던진 끝에 자기가 하고 싶은 짓을 마음대로 자행하고 있다. 이 때문에 그들은 자기네가 주장하는 장수와 육체적 안락과 정신적 쾌락의 실현 수단들이 얼마나 진실에서 동떨어진 것인가를 모르고 있다.

그들은 무엇이 배 아픈 고통인지, 무엇이 진정한 행복인지를 생각하려고도 하지 않는다. 또 그들은 인간에게 있어서 무엇이 진정 전율할 만한 공포인지, 무엇이 진정한 환희인지를 생각하려고도 하지 않는다.

그들은 욕망에 사로잡힌 채 행동할 뿐 무엇이 올바른 행위인지에 대해서는 아랑곳하지 않는다. 그러므로 비록 지위는 제왕에 이르고 부귀는 천하를 다 소유하고 있으면서도 근원적인 불행에서는 벗어나지 못하고 있는 것이다."

15

무족이 반박했다.

"사람에게 있어서 재물의 위력은 절대적인 것이어서 제아무리 아름다운 것도 뜻대로 안 되는 것이 없고 권세까지 마음껏 휘두를 수 있다. 이 위력 앞에서는 지인도 대항하지 못하고 현인도 용빼는 재주가 없다. 재력만 있으면 남의 용력(勇力)을 사서 위세를 부릴 수도 있고 다른 사람의 지모를 내 것처럼 부릴 수도 있다.

어디 그뿐인가? 남의 덕을 힘입어 자기를 현량(賢良)으로 둔갑시킬 수도 있고, 국가를 소유하지 않고도 국왕과 같은 위엄을 과시할 수도 있다. 또 아름다운 소리와 빛깔, 맛있는 음식, 권세는 사람에게 있어 배우지 않아도 마음이 즐겁고, 무슨 표본 따위를 따르지 않아도 몸이 편안한 것이다.

쾌락을 바라고 고통을 싫어하고 해독을 피하고 이익을 추구하는 것은 새삼 누구에게 배울 필요도 없는 인간의 본능이기도 하다. 이 세상에 내가 아니더라도 누구든지 부귀를 사양하려고는 하지 않을 것이다."

지화가 응수했다.

"진정으로 도를 아는 사람은 늘 마음을 무심한 상태로 유지함으로써 하늘의 뜻과 하나로 통하는 만백성의 뜻을 따르고 법도를 벗어나는 일이 없다. 그에게는 늘 부족한 것이 없으므로 남과 이익을 다투는 일도 없다. 무위자연을 따르므로 밖에서 구하는 것이 있을 수 없다.

비록 그러한 사람이라고 해도 자기 자신에게 만족하지 못할 때는 밖에서 구하는 수가 간혹 있기는 하지만, 그것 역시 무위 무심에서 나오는 것이므로 탐욕 따위에 얽매이는 일은 있을 수 없다. 그러니까 언제나 불필요한 것은 사양할 수 있다.

비록 천하를 사양하는 경우에도 스스로 청렴결백하다고 의식하는 일은 없다. 탐욕스럽다느니 청렴하다느니 하고 그에 대하여 세인들이 평가하는 그의 행위도 외부에서 강요된 것이 아니라, 그가 스스로 눈을 안으로 돌려 법도에 맞춘 자주적 행동의 결과이다.

그러므로 그의 권세가 높아져 천자의 자리를 차지하여 만민 위에 군림한다고 해도 자기의 존귀함을 내세워 오만한 태도를 보이는 일이 없다. 또한 그의 부가 천하를 자기 것으로 소유했다고 해도 그 재물로 인해서 남을 멸시하는 일은 있을 수 없다.

그는 도리어 부귀에서 오는 재앙을 생각하고 언제든지 그 지위가 뒤집힐 수 있음을 늘 감안하여 매사에 신중에 신중을 기한다. 부귀가 언제든지 우리의 본성을 해칠 수 있다는 것을 알고 있으므로 제왕의 자리를 양보받아도 사양하고 받지 않는다. 청렴하다는 명성을 탐내서가 아니라 자기의 본성이 그렇게 한 것이다.

요순이 제왕이 되어 자기의 자리를 남에게 넘겨주려 한 것은 천하에 어진 덕을 끼치려는 타율적 동기에서 그렇게 한 것이 아니라, 부귀 때문에 자기의 생명력을 해치지 않으려는 자주적 동기에서 우러난 행위였다.

한편 선권(善券), 허유(許由)가 제왕의 자리를 양보받고도 거절한 것은 이유 없는 사양이 아니라, 속사(俗事)로 자기의 본성을 해치지 않으려는 신중한 의도에서 나온 것이다. 그들은 다 자기에게 이로운 생활방식을 택하고 유해한 생활방식을 버림으로써 천하 사람들로부터 현인이라는 칭송을 들었다.

결과적으로 얻어진 명예라면 그대로 받아들이는 것이 좋겠지만, 그들은 결코 명성을 높이기 위해 일부러 그렇게 한 것은 아니었다.”

16

그러자 무족이 말했다.

“당신처럼 도인의 명성을 유지하기 위해서 육체를 괴롭히고 단것을 끊고 의식을 검소하게만 하려 든다면, 마치 오랫동안 병치레를 하느라고 찢어지게 가난해져서 죽지 못해 살아가는 사람과 다를 것이 무엇이란 말인가?”

지화가 반박했다.

“심신의 평정을 행복으로 여기고, 쓸데없는 것들을 생명에 해롭다하여 배척하는 것은 일반적으로 통용되는 진리이다. 그중에서도 해독이 가장 큰 것은 재물을 축적하는 경우다. 지금 부자들을 보면 그들의 귀는 종과 북과 피리소리에 어지러워지고, 입은 갖은 고기와 맛있는 술에 취해서 자기의 본심을 잃고, 자기가 마땅히 할 일을 돌보지 않으니 난(亂)이란 이를 두고 하는 말이다.

또 욕심과 혈기에 이끌려 재물을 구하려고 혈안이 된 그들의 모습은 무거운 짐을 지고 가파른 언덕을 숨 가쁘게 오르는 짐꾼과 방불하다. 고(苦)란 이를 두고 하는 말이다.

재물을 탐내다가 남의 원한을 사고, 권세에 눈이 어두워 날뛰다가 모든 것을 다 빼앗기고, 한가할 때는 관능의 향락에 빠진다. 몸에 기름이 끼면 기세를 돋워 나쁜 짓을 하고 있으니 병이란 바로 이를 두고 하는 말이다.

부자가 되려고 이익만을 추구한 나머지 귀에 말뚝이라도 박힌 듯 양심의 소리를 외면한 채 축재에만 악착스레 매어달리는 자들이 있으니, 욕되다는 말은 바로 이를 두고 한 말임에 틀림없다.

재물을 곳간에 쌓을 줄만 알았지 남에게 베풀 줄은 꿈에도 생각할 줄 모른다. 혹시 손재나 당하지 않을까 늘 전전긍긍이니 이로 인해 마음은 지칠 대로 지쳐 있다. 근심치고 이렇게 지독한 근심은 달리 없을 것이다.

집에서는 강도에게 약탈이라도 당하지 않을까 언제나 마음을 졸이고, 밖에 나가면 도둑에게 습격이라도 당하지 않을까 걱정이 태산 같다. 집에는 망루를 세워 강도와 도둑의 접근을 감시케 한다. 납치라도 당할까 겁이 나서 혼자서는 외출도 마음대로 못 한다. 두려움치고 이런 두려움이 어디에 또 있겠는가.

이상 예거한 것들은 이 세상에서 사람의 생명을 해치는 최대의 장애들이다. 그럼에도 불구하고 이들 부호들은 그러한 근심 걱정도 두려움도 잊어버리고 반성할 줄도 모른다. 그러나 일단 뜻하지 않은 치명적인 재앙이 닥쳐오면 온갖 재물과 지모를 기울여 파국을 피하려고 하지만 될 일이 아니다.

그러므로 재물을 탐한 결과는 어느 모로 보든지 아무런 득이 될 수 없다. 그런데도 어리석은 사람들은 부귀영화 때문에 여전히 몸을 망쳐가면서도 아귀다툼을 벌이고 있으니, 이보다 더 큰 잘못이 어디에 또 있단 말인가?"

〈해설〉

유교의 도덕과 인의예지신(仁義禮智信)의 위선이 전면적으로 부정되고 있다.

제30부 설검(說劍)

1

옛날 조(趙)나라 문왕(文王)은 칼싸움을 좋아했다. 궁전의 대문을 끼고 늘어선 양쪽의 병사(兵舍)에 머물고 있는 검객의 수효가 무려 3천이 넘었다. 그들은 주야로 왕 앞에서 칼싸움을 벌여 사상자만 해도 한 해에 백 명이 넘었다.

그래도 왕은 지치지도 않고 검술에만 몰두했다. 이렇게 하여 3년이 지나자 국력은 현저히 쇠퇴했는데, 이 틈을 노리고 다른 제후들이 침략의 기회를 엿보기에 이르렀다.

태자 회는 이를 걱정한 나머지 좌우 신하들을 불러 모았다.

"누가 대왕의 뜻에 맞도록 간해서 검객들의 칼싸움을 그치게 할 수 있을까? 묘안을 내는 자에게는 천금을 상으로 주리라."

그러자 좌우 신하들이 말했다.

"장자라면 능히 해낼 것입니다."

태자는 곧 사자(使者)에게 천금을 주어 장자를 찾아가게 했다. 장자는 그 돈을 받지는 않았지만 사자와 함께 태자를 만나러 왔다.

"태자께서는 저에게 무엇을 분부하시려고 천금을 내리신 것입니까?"

태자가 대답했다.

"선생께서 총명이 출중하시다는 말을 듣고 천금을 보내드렸습니다만 받지 않으시니 제가 무엇을 말씀드릴 수 있겠습니까?"

장자가 말했다.

"듣자 하니 태자께서 저를 부리시려 하는 것은 대왕의 기호를 끊게 하는 데 있는 줄 알고 있습니다. 만약에 제가 간하다가 대왕의 미움을 사고 태자의 소망을 저버리게 되면, 이 몸은 형을 받아 죽고 살아남지 못할 터인데 그 돈은 무엇에 쓰겠습니까? 제가 요행 대왕을 설득하고 태자의 뜻을 받들 수 있다면, 이 조(趙)나라에서 제가 무엇을 바란들 안 들어 주시겠습니까? 그래서 천금을 일단 돌려드린 것입니다."

태자가 말했다.

"그러나 우리 대왕께서는 만나는 사람은 오직 검객들뿐입니다. 그것이 문제입니다."

"좋습니다. 다행히도 저는 칼을 좀 씁니다."

"그러나 우리 대왕께서 만나시는 검객은 쑥대 같은 머리에 쭈뼛한 귀밑머리, 납작한 관에 색깔 없는 관끈에다가 앞이 짧은 저고리를 입고 눈을 부릅뜨고 싸울 듯이 말하는 자들입니다. 이러한 자들이라야 대왕께서는 좋아하십니다. 그런데 선생께서 유생의 복장으로 대왕을 만나시면 일은 반드시 실패할 것입니다."

"그럼 검객의 옷을 만들어 입겠습니다."

사흘 만에 검객의 옷을 만들어 입은 장자는 다시 태자를 만났다. 태자는 장자와 같이 왕을 면회했다.

2

장자가 태자를 따라 왕 앞으로 나아갈 때 왕은 시퍼런 칼날을 빼어들고 기다리고 있었다. 장자는 궁문을 들어선 뒤에도 관례대로 종종걸음을 치지 않았고 왕을 보고도 절을 하지 않았다. 왕이 말했다.

"그대는 과인에게 무슨 말을 하려고 태자를 통해 만나자고 하는가?"

"신이 듣자오니 대왕께서는 검술을 좋아하신다 하기에 검객으로서 대왕께 뵙는 것입니다."

"그렇다면 그대의 칼은 적을 제압하는 데 어떠한 위력을 가지고 있는가?"

"신의 칼은 열 걸음마다 한 사람을 베어 죽이고, 천 리를 가도 길을 막는 자가 없습니다."

왕은 그 말을 듣고 크게 기뻐했다.

"천하무적의 솜씨로군!"

장자가 말했다.

"무릇 검객은 허를 베어 이익으로 유인한 다음, 서서히 도전을 받고 일어나 기선을 잡아 적을 쓰러뜨리는 겁니다. 한번 실제로 보여드리겠습니다."

왕이 말했다.

"선생은 좀 쉬고 계십시오. 우선 객관에 가 머무시면서 통지를 기다려 주시기 바랍니다. 시합 준비를 시킨 다음에 선생을 청하겠소이다."

그 뒤 왕은 7일 동안에 걸쳐서 검객을 선발했다. 그 통에 사상자가 60명이나 났다. 마침내 대여섯 명을 뽑아 궁 뜰에서 칼을 받들고 서 있게 한 뒤에 장자를 불러들였다. 왕이 말했다.

"오늘은 검객들로 하여금 시합을 시켜 보고자 하오."

장자가 말했다.

"오래 기다리고 있었습니다."

"선생이 쓰실 검은 긴 것입니까, 짧은 것입니까?"

"어떤 칼이라도 좋습니다. 단 저에게는 세 가지 칼이 있습니다. 그중 어느 것을 쓰는가에 대해서는 대왕의 분부대로 하겠습니다만, 먼저 그 칼에 대해 말씀드린 후에 써 보기로 하겠습니다."

3

왕이 말했다.

"그 세 가지 칼에 대해 설명해 주시오."

장자가 대답했다.

"천자의 칼, 제후의 칼, 서인의 칼이 있습니다."

"천자의 칼이란 어떤 것인가요?"

"천자의 칼은 연계(燕谿)와 석성(石城)을 칼끝으로 하고, 제(齊)나라의 태산을 칼날, 진(晉)나라와 위(衛)나라를 칼등, 주(周)나라와 송(宋)나라를 칼콧등, 한(韓)나라와 위(魏)나라를 칼자루로 삼습니다. 또 사방의 이민족에 이르는 공간과 사시를 무한한 시간으로 짜고, 발해(渤海)를 두르고 상산(常山)을 띠로 했으며, 오행을 통제하고 형벌과 은덕으로 논하며 음양의 기운으로 인도합니다. 가만히 있으면 봄여름을 생각케 하고 움직일 때에는 가을과 겨울의 기상을 나타냅니다.

칼로 곧장 찌르면 그 앞에 적이 없고, 위로 치올려 찌르면 위에 적이 없고, 아래로 내리치면 아래, 휘두르면 사방에 막을 자가 없습니다. 위로는 하늘을 떠도는 구름을 쪼개고 아래로는 땅 밑에 있는 기축(基軸)을 끊습니다. 이 칼을 한번 쓰면 천하의 제후들을 바로잡고 온 세계가 복종하게 됩니다. 이것이 천자의 칼입니다."

듣고 있던 문왕은 너무나도 엄청난 그 말에 멍하니 넋을 잃었다.

〈해설〉

＊ 연계(燕谿), 석성(石城) : 북쪽에 있는 땅 이름.

4

왕이 다시 물었다.

"그럼 제후의 칼에 대해 말씀해 주시오."

"제후의 칼이란 지혜와 용맹에 뛰어난 인물을 칼끝으로 하고, 청렴한 사람을 칼날, 어질고 착한 사람을 칼등, 충의성지(忠義聖智)의 인물을 칼콧등, 호걸지사(豪傑之士)를 칼자루로 삼습니다. 이 칼로 곧장 앞을 치면 역시 앞에는 적이 없으며, 위를 치면 위에, 아래를 치면 아래에, 휘두르면 주위에 막아설 자가 아무도 없습니다.

위로는 둥근 하늘을 본받아 일월성신의 운행을 따르고, 아래로는 방형(方形)인 대지를 본떠서 사시의 추이를 따라가고, 가운데로는 민의 있는 곳을 살펴서 나라의 사방을 편안하게 다스려 갑니다.

이 칼을 한번 쓰면 우레가 천지를 뒤흔드는 것 같아서, 나라 안에서 조공을 바치지 않거나 군명을 어기는 자가 없게 됩니다. 이것이 제후의 칼입니다."

왕이 다시 물었다.

"서인(庶人)의 칼이란 어떤 것인가요?"

"서인의 칼이란 쑥대 같은 머리에 쭈뼛한 귀밑머리, 납작한 관에 색깔 없는 끈 그리고 앞이 짧은 저고리를 입고 눈을 부릅뜨고 싸우는 듯이 말하며, 대왕 앞에서 서로 칼싸움을 벌여 위로는 목을 베고 아래로는 폐와 간을 쪼개는 것이니 투계와 다를 것이 없습니다. 이런 일로 일단 목숨이 끊어지고 나면 나라에 공헌하려야 공헌할 길조차 없는 개죽음이 되고 맙니다.

지금 대왕께서는 천자나 다름없는 지위에 계시면서 서인의 칼을 좋아하시니 저는 남몰래 대왕을 위해 유감으로 생각하지 않으려야 않을 수가 없습니다."

말이 끝나자마자 왕은 장자의 손을 이끌고 전상(殿上)에 올라갔다. 때마침 시종들이 수라상을 차려 왔는데도 왕은 쳐다보지도 않고, 흥분을 감추지 못하고 안절부절 장자의 주위를 세 바퀴나 돌고 있었다.

장자가 말했다.

"대왕이시여 어서 좌정하시고 진정하소서. 칼에 대한 얘기는 이것으로 끝났습니다."

그런데 이 일이 있은 후 문왕은 궁 안에 틀어박혀 석 달 열흘이나 외출을 하지 않았고, 검객들은 모두 다 그곳에서 자살해 버리고 말았다.

〈해설〉

'설검(說劍)'의 전체 취지는 도가 쪽보다는 유가 쪽에 더 가깝다고 할 수
있겠다.

제31부 어부(漁父)

1

공자가 어느 날 울창한 숲속에 들어가 놀다가 살구나무가 있는 누대 위에서 쉬고 있었다. 제자들은 책을 독송하고 공자는 시를 읊으면서 거문고를 뜯고 있었다. 그런데 한 곡조가 반도 채 끝나기 전에 고기잡이 노인이 배에서 내려 이쪽으로 걸어 올라오는 것이 보였다.

수염과 눈썹은 희고, 산발한 머리에 팔짱을 낀 그 늙은이는 언덕을 올라와 누대 있는 곳까지 오자 걸음을 멈추었다. 그다음에 왼손을 무릎에 놓고 오른손으로 턱을 괸 채 거문고 소리를 듣고 있더니, 곡이 끝나자 자공(子貢)과 자로(子路)를 손짓해 불렀다. 두 사람이 다가가자 그 늙은이는 공자를 가리키면서 물었다.

"저분은 어떤 사람이오?"

자로가 대답했다.

"노나라의 군자이십니다."

"성씨는 무엇이라고 하는가?"

"공 씨(孔氏)이십니다."

"그래 공 씨라는 이는 무엇을 하시는가?"

자로가 미처 대답을 못 하자 자공이 말했다.

"공 씨께서는 충(忠)과 신(信)의 성품을 지니시고 인(仁)과 의(義)를 행하시며 예악(禮樂)을 꾸미고 인륜(人倫)을 가르치시니, 위로는 임금에게 충성하고 아래로는 만민을 교화하여 천하를 이롭게 하고 계십니다."

노인이 또 물었다.

"영토를 가진 군주인가?"

"아닙니다."

"그러면 제후의 재상인가?"

"아닙니다."

그러자 노인은 웃으면서 오던 길을 되짚어 내려갔다. 걸으면서 그는 이렇게 중얼댔다.

"그렇지, 남을 위해서 애쓴다는 점에서는 분명 인이라 할 수 있겠지. 그러나 그래 가지고는 몸이 견뎌내지 못할걸. 마음을 괴롭히고 몸을 수고롭게 하여 생명의 진실을 위태롭게 하고 있구나. 아! 도에 등을 돌리고 참으로 멀리도 빗나갔구나."

2

자공이 돌아와 노인과의 문답 내용을 공자에게 알리자 공자는 거문고를 밀치고 일어나면서 말했다.

"그분은 틀림없이 성인이시다."

공자는 누대에서 내려와 노인을 찾아 못가에 이르렀다. 그때 그 노인은 삿대를 저어 배를 띄우려는 참이었다. 공자가 온 것을 보자 노인은 배를 저어 기슭으로 돌아와 그를 마주보고 섰다. 공자는 뒤로 물러나 두 번 절하고 다시 앞으로 나아갔다.

노인은 말했다.

"무슨 일로 이러는가?"

"아까 선생님께서는 가르침의 일단을 저의 제자들에게 베풀고 가셨습니다. 저는 불초하여 그 뜻을 충분히 이해하지 못하겠기에 이곳으로 찾아왔습니다. 부디 한말씀해 주셔서 소생을 바로 이끌어 주시기 바랍니다."

"아아, 참으로 그대의 학구열은 대단하구료!"

공자는 다시 재배하고 일어나 말했다.

"저는 젊어서부터 학문을 시작하여 예순아홉인 오늘에 이르렀습니다. 허지만 근원적인 도에 대해서는 아무에게서도 가르침을 받지 못했습니다. 어찌 이런 기회에 겸허한 심정으로 배우고자 하지 않을 수 있겠습니까?"

3

노인이 대답했다.

"비슷한 사람들끼리 서로 따르고 주장이 같은 사람들끼리 서로 어울리는 것은 자연의 도리이다. 당신이 나에게 가르침을 청하는 것도 우리 두 사람 사이에 공통되는 것이 있기 때문일 것이다. 그렇다면 이제부터 내 생각을 풀어헤쳐 그것으로 그대의 처신법을 바로잡아 가고자 한다.

그대가 닦는 학문은 인간 사회에 관한 것이거니와 이 사회에는 천자, 제후, 대부, 서인의 네 계급이 있다. 이 네 계급이 각기 그 자리를 정상적으로 유지하면 세상은 잘 다스려지지만, 이것이 그 본래의 모습을 잃을 경우에는 크나큰 혼란이 오게 마련이다. 즉 백관이 자기 직무를 잘 수행하고 사람들이 자기 직분을 수행하는 데 진력한다면 질서를 깨뜨리는 자가 생겨나지 않을 것이다.

그러나 그렇지 못하면 어떻게 되는가? 논밭이 황무지로 변하고 의식(衣食)이 부족하고 세금이 걷히지 않으며, 처첩이 불화하고 자유와 질서를 잃게 되는데 이것은 일반 평민의 걱정거리다. 능력이 부족하여 직책을 감당하지 못함으로써 관청 일이 잘 처리되지 못하고 청렴한 기풍이 쓰러지고, 하급 벼슬아치들이 게으름을 피워 업적이 오르지 못하고 작록(爵祿)이 보장되지 않는 것은 대부(大夫)들의 걱정거리다.

또 조정에 충신이 없고 국가의 질서가 혼란하여 장인(匠人)의 질이 저하되어 조공품도 보잘것없어져서, 춘추의 조근(朝覲)에서 석차가 강등되어 천자에게 밉보이게 되는 것은 제후의 걱정거리다. 그리고 음양이 조화되지 않고 추위와 더위가 종잡을 수 없게 되어 만물의 생육이 손상을 입게 된다.

제후들은 난폭해져서 서로 치고받고 싸우게 되니 그 통에 죽어나는 것은 애꿎은 백성들뿐이다. 예악이 절도를 잃고 재정이 궁핍하고, 인륜이 무시되어 백성들이 음란해지는 것은 천자의 걱정거리가 아닐 수 없다.

그런데 그대는 위로는 제후나 공경의 지위를 가진 것도 아니고 아래로는 대신이나 재상의 관직에 있는 것도 아니면서, 함부로 예악을 꾸미고 인륜의 도를 가르쳐서 만민을 교화하려고 하니 공연히 주제넘은 짓을 하는 게 아니고 무엇인가?"

4

노인이 말을 계속했다.

"또 사람에게는 빠지기 쉬운 여덟 가지 결점이 있고, 일에는 잘못하기 쉬운 네 개의 결함이 있다. 이것을 잘 살펴 두어야 한다.

여덟 가지 결점이란 무엇인가?

자기가 할 일이 아닌데도 손을 대는 것을 총(摠)이라고 한다.

남에게서 상의도 받지 않았는데 의견을 말하는 것을 영(佞)이라 한다.

상대의 뜻에 맞추어 발언하는 것을 첨(諂)이라 한다.

선악의 분별없이 떠드는 것을 유(諛)라 한다.

남의 결점을 말하기 좋아하는 것을 참(讒)이라 한다.

남의 친밀한 사이를 갈라놓고 이간시키는 것을 적(賊)이라 한다.

나쁜 짓을 칭찬하고 악을 선이라 속여 남을 타락시키는 것을 특(慝)이라 한다.

선악을 가리지 않고 어느 쪽에나 호의를 보여 상대의 뜻을 캐어내는 것을 험(險)이라 한다.

이 여덟 가지 결점은 밖으로는 남의 정신을 교란시키고 안으로는 자기 몸을 상하게 하는 것이므로, 군자는 그런 자와 사귀지 않고 현명한 임금도 그런 자를 쓰지 않는다.

그럼 네 개의 결함이란 무엇인가?

천하의 중대사에 손을 대기 좋아하고 함부로 항구적인 제도를 고쳐서 자기의 공으로 삼으려는 것을 도(叨)라 한다.

나쁜 재주를 부려 제멋대로 일을 해내고 남을 침해하여 자기의 이익을 꾀하는 것을 탐(貪)이라 한다.

잘못한 줄 알면서도 고치려 하지 않고 충고를 듣고도 오히려 더 극성을 부리는 것을 흔(很)이라 한다.

자기 비위에 맞으면 좋다 하고 맞지 않으면 좋은 것도 나쁘다고 헐뜯는 것을 긍(矜)이라 한다.

이상에서 말한 여덟 가지 결점을 제거하고 네 개의 결함을 범하지 말아야 비로소 도에 대해 가르칠 수 있다."

5

이 말을 듣자 공자는 낯을 붉히며 한숨을 쉬었다. 그는 곧 재배하고 일어나 말했다.

"저는 두 번이나 노(魯)나라에서 쫓겨나고, 위(衛)나라에서는 발자국까지 지워지는 박해를 받았고, 송(宋)나라에서는 초부(樵夫)가 나무를 베어 쓰러뜨리는 바람에 하마터면 그 밑에 깔려 죽을 뻔했고, 진(陳)나라와 채(蔡)나라의 국경에서는 오해로 포위를 당하게 되었습니다. 저에게 무슨 잘못이 있는 것 같지도 않건만, 이러한 네 가지 박해를 받게 된 것은 어인 까닭입니까?"

노인이 말했다.

"아니, 그래 그대는 내 말을 그렇게도 알아듣지 못한단 말인가? 자기 그림자를 두려워하고 자기 발자취를 싫어한 나머지 그것을 떨쳐 버리려고 도망친 사람이 있었다네. 발을 재게 놀려 뛰면 뛸수록 발자취는 늘어만 갔고, 빨리 뛰면 뛸수록 그림자도 함께 뛰었다.

그는 아직도 자기의 속도가 더딘 때문이라고 생각하고 더욱더 빨리 달리기를 계속했으므로 마침내 기진하여 쓰러져 죽고 말았다. 그 사람은 그늘에 있으면 그림자가 없어지고 가만히 있으면 발자취가 생기지 않는다는 것을 몰랐던 것이다. 참으로 어리석은 사람이라고 아니할 수 없다.

그런데 그대는 인의를 따지고 사물의 같고 다른 것을 살피며, 세상의 변화에 신경을 쓰고 주고받는 일을 조절하며, 좋아하고 싫어하는 정을 다스리고, 기뻐하고 노여워하는 감정을 조화시키려고 애쓰고 있다. 이래 가지고는 화를 모면치 못할 것이다.

부디 그대의 몸을 닦고 타고난 진실을 신중히 지켜나갈 것이며, 공명 같은 것은 남에게 양보하도록 하면 번거로움에서 벗어날 수 있을 것이다. 이제 보니 그대는 자기 몸을 닦는 노력은 하지 않은 채 남에게 어려운 요구만 하여 왔다. 이게 잘못이 아니고 무엇인가."

6

공자는 얼굴을 붉히면서 다시 물었다.

"선생님이 말씀하신 진실이란 무슨 뜻입니까?"

"진실이란 정성의 극치를 이르는 말이다. 정성스럽지 못한 마음을 가지고는 남을 감동시키지 못한다. 그러므로 억지로 곡하는 자는 목소리는 슬퍼도 남을 슬프게 하지 못한다. 억지로 성내는 자는 무서워 보이긴 해도 두려운 느낌을 주지 못하고, 억지로 친한 척하는 자는 웃음을 띠고 있어도 친밀한 정은 불러일으키지 못한다.

그러나 이와는 달리 진정한 슬픔은 소리를 내어 울지 않아도 남을 슬프게 하고, 진정한 노여움은 겉으로 나타내지 않아도 상대를 두려움에 떨게 하고, 진실한 애정은 웃어 보이지 않아도 친애의 정을 느끼게 한다.

진정이 마음속에 서려 있을 때에는 반드시 그것이 겉으로 드러나 주위 사람들을 감동시키게 되어 있다. 그러므로 진정과 진실이야말로 가치가 있는 것이다.

이 진실이 인간의 도리에 미치는 역할을 생각해 보자. 이러한 정신으로 어버이를 섬기면 애정이 넘치는 효도가 되고, 그 정신으로 임금을 섬기면 올바른 충성이 되고, 그 정신으로 술을 마시면 진정한 즐거움이 되고, 상(喪)을 입으면 참다운 슬픔이 된다.

충성은 공을 세우는 것이 제일이고, 술을 마실 때에는 진정한 즐거움이, 상을 입을 때에는 진정한 슬픔이, 어버이를 섬길 때는 부모의 뜻에 맞추는 것이 제일이다. 그러므로 임금을 섬겨 훌륭한 공을 세우는 데는 여러 가지 방식이 있을 수 있다. 어버이를 섬겨 그 뜻을 맞추는 데 어떤 방법을 써야 하느냐 하는 것은 논할 것이 못 된다.

마찬가지로 술을 마시는 경우에는 즐기기만 하면 되는 것이어서 차린 음식을 가려서는 안 된다. 상을 입는 데는 슬퍼하기만 하면 되는 것이어서 예법에 구애될 필요가 없다. 예법은 세상 사람들이 만든 습관의 찌꺼기이며 진실은 하늘에서 받은 순수한 마음이다.

인위를 써서 자연을 고칠 수는 없다. 그러므로 성인은 자연을 본받고 진실을 귀하게 여길망정 세속적 관례에는 구애받지 않는다. 그러나 어리석은 사람은 이와는 반대여서 자연을 본뜨지 못하고 인위를 걱정하며, 진실을 귀하게 여길 줄 모르고 질질 세속에 끌려가 동화되어 버린다.

그러므로 진실성이 부족한 것이다. 그대가 일찍부터 인위적 예법에 중

독되어, 늙어 버린 다음에야 위대한 무위의 도에 대해 듣게 되었다는 것은 참으로 유감스러운 일이 아닐 수 없다."

7

공자는 일어나 두 번 절하고 다시 말했다.

"이제야말로 저는 위대한 스승을 만날 수 있었습니다. 이 해후는 천행인 것 같습니다. 선생님께서는 저를 거절하지 마시고 저를 제자처럼 생각해 주시고, 몸소 가르쳐 주시기 바랍니다. 선생님 댁은 어딥니까? 선생님의 가르침을 계속 받아 마침내 대도를 배워 깨닫고자 합니다."

"나는 이런 말을 들었다.

'함께 갈 수 있는 상대라면 더불어 진리에 이르기도 하려니와 함께할 수 없는 상대라면 아무리 말한다고 해도 진리는 모르고 말 것이다. 그런 자와는 상대하지 않는 것이 안전하다.'

열심히 공부해 보게. 나는 가네. 나는 가네."

이렇게 말한 노인은 배를 저어 갈대 사이를 누비다가 어디론지 사라져 버렸다.

8

자로는 마차를 따라 걸으면서 공자에게 물었다.

"제가 선생님을 모신 지도 적지 않은 세월이 흘렀지만 오늘같이 겁먹은 태도로 남을 대하셨던 것은 처음입니다. 지금까지는 만승(萬乘)의 천자, 천승의 제후도 선생님과 만나실 때는 대등한 예로 대하시지 않은 일이 없었건만, 그래도 선생님에게는 오히려 오연(傲然)한 기색이셨습니다. 그런데 오늘은 삿대를 세우고 서 있는 일개 고기잡이 노인이 앞에서 선생님께서는 허리를 굽실거리고, 말씀하실 때마다 재배하고 응대하셨으니 너무나 심하지 않으십니까? 저뿐이 아니라 선생님의 제자들은 누구나 다 선생님의 처사를 이상하게 생각하고 있습니다. 저 하찮은 고기잡이 노인이 따위가 어째서 이런 대우를 받아야 하는지 모르겠습니다.”

그러자 공자는 횡목(橫木)에 몸을 기대고 탄식하면서 말했다.

“너를 교화할 생각을 하니 기가 막히는구나. 예법과 도의의 가르침을 받은 지도 상당한 세월이 흘렀건만 촌스러운 마음이 아직도 가시지 않았다. 더 앞으로 나오너라. 내 네게 얘기해 주리라. 어른을 만났는데도 공경하지 않는 것은 예에 어긋나는 것이고, 현인을 보고 존경하지 않는 것은 인에 어긋나는 소행이다.

지극한 덕을 가진 이가 아니면 좀처럼 남에게 겸손한 태도를 취할 수 없느니라. 충심으로부터 겸허해지지 않으면 진실에 도달하지 못한다. 겸손하지 못하면 길이 자기 자신을 손상시키게 된다. 유감스러운 일이다. 사람에게 있어서 불인(不仁)한 것처럼 큰 화가 없건만 너는 그 짓을 마음껏 자행하고 있구나.

도는 만물의 근거이므로 어떠한 존재든지 이것을 잃으면 사멸하고 이것을 얻으면 살아나며, 일을 하는데도 이것을 거스르면 실패하고 이것을 따르면 성공하게 되어 있다. 그러므로 도가 나타나는 곳에 성인은 경의를 표하는 것이다. 아까 본 그 고기잡이 노인은 무위자연의 도를 분명 터득하고 있는 분이었다. 그러한 그분을 내가 어찌 공경하지 않을 수 있었겠느냐."

〈해설〉

'어부'는 도교의 입장에서 유교의 세속적인 허위와 위선을 비판하고 있
다.

제32부 열어구(列禦寇)

1

열어구는 제(齊)나라로 가다가 중도에 돌아왔는데, 길에서 우연히 스승인 백혼무인(伯昏瞀人)을 만났다. 백혼무인이 물었다.

"왜 돌아오느냐?"

열어구가 대답했다.

"저는 놀랐습니다."

"무엇을 보고 놀랐단 말이냐?"

"여행 중에 열 군데의 음식점에서 밥을 사 먹었는데, 다섯 집에서는 딴 손님을 제쳐 놓고 저에게 음식을 가져왔습니다."

백혼무인이 물었다.

"그 정도의 일로 왜 놀랐단 말이냐."

"마음을 무위자연의 상태에 두는 것이 아니라 특정한 일, 가령 입신출세 같은 데 집착하게 되면 주변 사람들에게 심리적인 압박을 가하게 됩니다. 바로 이 집착이 남의 마음에 영향을 주어 노인에 대한 공경심을 누르고 저한테 먼저 음식을 가져오게 했습니다.

이로 인해 저는 다음과 같은 생각을 하게 되었습니다. 음식점 주인은 밥이나 국을 파는 일을 하고 있지만 큰 이익을 올리는 것도 아닙니다.

재물도 얼마 안 되고 권세도 없습니다. 그럼에도 그런 장사꾼이 나를 알아보고 이렇게 대우한다면 만승의 제왕이야 어떻게 나를 가만히 내버려 둘 수 있겠습니까.

제왕에게 발탁되면 몸은 국사를 돌보느라 지치고 지모는 정사(政事)에 시달려 바닥이 날 것입니다. 제왕들은 저에게 정사를 맡기고 공을 세우라고 할 것입니다. 저는 그래서 놀란 것입니다.”

백혼무인이 말했다.

“아주 좋은 점에 착안했구나. 그러나 집에 있다 해도 사람들은 너를 의지하려 모여들 것이다.”

2

얼마 안 있어 백혼무인이 열어구의 집에 갔더니 아니나 다를까 문밖에는 신이 가득했다. 백혼무인은 북향하고 서서 지팡이를 세운 위에 턱을 대고 한참 서 있다가 말도 없이 돌아갔다.

이것을 본 문지기가 열어구에게 보고하자, 열어구는 신을 손에 든 채 맨발로 뛰어나와 대문께에 이르러 백혼무인에게 말했다.

“선생님께서는 모처럼 오신 터에 교훈이 될 말씀도 안 하시고 돌아가십니까?”

“그만둬라. 나는 전에 사람들이 네게로 몰려올 것이라고 주의를 준 일이 있었는데 막상 와 보니 그 일이 그대로 실현되었다. 네가 사람들이 모여들도록 만든 것은 아니겠지만 너는 사람들이 너를 의지해 오지 않도록 할 줄은 모르고 있다. 너에게 그럴 능력이 있겠느냐.

남을 모아 놓고 감탄하고 즐겁게 해 주는 것은 눈에 띄게 부자연한 짓을 하는 것이다. 꼭 남을 감탄케 하려는 목적의식이 작용할 경우에는 너의 본성을 뒤흔들게 된다. 이런 건 사실 논할 나위도 없는 문제다.

너와 사귀는 자들은 너에게 가르침을 청할 정도니까 너에게 충고 한마디 제대로 해 줄 리가 없다. 그들의 좁은 소견으로 지껄이는 소리란 다 사람을 해치는 것뿐이므로 그들 스스로 도를 깨닫지도 못할 것이다.

결국은 아무 성과도 없는 부질없는 짓일 뿐이다. 대체로 교묘한 수단을 부리는 자는 고생하고, 지모 있는 자는 언제나 걱정에 싸여 있게 마련이다.

그러나 무능력자, 즉 도인은 아무것도 바라는 것 없으며 밥이나 배불리 먹고 자유를 만끽하며 살아간다. 그는 물결 따라 흐르는 배와 같아서 자기 고집을 버리고 마음 내키는 대로 사는 사람이다."

3

이름을 완(緩)이라 하는 정(鄭)나라 사람이 구씨(裘氏)라는 곳에서 경전을 독송하여 유학을 배웠다. 꼭 3년이 되자 어엿한 유학자가 되는 데 성공하여, 마치 황하가 연안 9리를 적시는 것처럼 그의 은택은 삼족(三族)에까지 미쳤다. 그리고 아우로 하여금 묵자(墨子)의 학문을 공부하게 했으므로 형제는 유묵(儒墨)의 논쟁을 벌이게 되었다.

그런데 아버지는 아우인 적(翟)을 편들었으므로 10년 후에 완은 분격한 나머지 자살하고 말았다. 한번은 아버지가 완의 꿈을 꾸었는데 완은 이렇게 말했다.

"당신의 아들을 묵자학파의 학자로 만들어 준 것은 나였소. 그런데 나를 이 꼴로 만들다니! 시험 삼아 내 무덤을 보시오. 몸은 썩어서 가래나무와 측백나무의 열매가 되어 버렸소."

〈해설〉

완(緩)은 아우인 적(翟)을 묵자학파로 만들었는데도 아버지가 아우의 편을 들었다고 분격하여 자살해 놓고는, 아버지의 꿈에 나타나 자기가 자살하게 된 책임을 아버지에게 덮어씌우고 있다. 자기 의지로 자살을 한 것은 어디까지나 자업자득이지 남에게 그 책임을 전가할 성질이 아니라는 것을 은밀히 시사하고 있다.

4

조물주가 사람에게 보수를 줄 때에는 무엇을 고려하는가? 인위적인 면을 보고 주는 것이 아니라 본성을 보고 주는 것이다. 그러므로 적(翟)이 묵자학파가 된 것도 형인 완(緩)의 힘이 아니라 적의 본성이 그렇게 만든 것이다.

그런데 완은 자기를 남들보다 뛰어난 사람이라고 생각하고 자기 아버지를 경멸했다. 이것은 제(齊)나라에서 우물물을 먹으려는 사람들이 서로 아귀다툼을 벌인 얘기와 비슷하다. 저절로 솟는 물을 자기 완력으로 독점하려는 데에 잘못이 있는 것이다.

이상의 이야기로 미루어 보아 이렇게 말할 수 있다. 요즘 세상에서 자기 공을 자랑하는 자들은 다 이 완과 같은 바보인 것이다. 본래 무위의 덕을 지닌 사람은 자기가 옳다는 것을 의식하지도 않는다. 하물며 도를 체득한 이가 그린 것을 염두에라도 두겠는가.

그들의 어리석은 생각을 옛사람들은 하늘의 도리에서 도망치려는 형벌이라고 불렀다. 성인들은 안정된 하늘의 이치 속에 안주할지언정 불안한 인위적인 세계에는 머물려고 하지 않는다. 이에 비해 뭇사람들은 불안한 인위적인 세계에 안주하고 편안한 하늘의 도리에는 안주하려 하지 않는다.

5

장자가 말했다.

"도를 파악하기는 쉬우나 그것을 무언의 경지에서 즐기기는 힘들다. 지적으로 이해하고도 언어를 망각한 경지에 노닐면 절대의 진리에 몸을 두게 되며, 지적으로 파악한 도를 지식으로 따지기만 하면 인위적인 함정에 떨어지고 만다. 옛날의 도인들은 하늘의 절대적 입장을 의지하고 인위적 입장에 의지하지 않았다.

6

주평만(朱萍漫)은 지리익(支離益)에게서 용을 죽여 요리하는 기술을 배웠다. 그것을 배우기 위해 천금을 탕진했고, 3년이 걸려서야 그 기술을 터득했다. 그러나 용이 그렇게 흔한 것이 아니므로 그 기술도 쓸데가 없었다.

7

성인은 절대적 진리라도 그것을 절대적이라고 고집하지 않았으므로 싸움을 일으키지 않는다. 그러나 일반 사람들은 상대적인 진리밖에 안 되는 것을 진리라고 고집하기 때문에 싸움을 많이 일으킨다. 무력을 따르면 행동이 탐욕스러워진다. 무력을 믿으면 망하게 된다.

8

도를 모르는 소인의 지모는 기껏해야 선물이나 편지를 보내서 인간관계를 개선하려는 데에 그친다. 그들은 정신을 비소한 일상생활의 문제로 소모하면서도, 진리와 인류를 아울러 구하고 현상계와 초월계를 근원적 입장에서 일체화하기라도 하는 듯한 망상을 일으키게 된다.

이런 자들은 우주의 광대무변함에 우선 기가 질리고, 그 몸은 속세의 일에 얽매여서 만물의 근원인 도 같은 것에 대해서는 전연 알려고도 하지 않는다. 그러나 도를 체득한 사람은 정신을 처음도 끝도 없는 세계로 돌아가게 하고, 아무것도 없는 무의 세계에서 마음껏 자고, 흐르는 물과 같이 형태도 없는 심경을 즐기고, 더없이 밝은 무위의 경지로부터 화기(和氣)를 발산한다.

그러나 슬프게도 속세의 사람들은 진리의 지극히 작은 부분밖에는 이해하지 못하고, 진실로 편안한 하늘의 입장에 서 있을 줄을 모른다.

9

송(宋)나라에 조상(曹商)이라는 사람이 있었다. 그는 송나라 왕을 위해 진(秦)나라에 사신으로 갔는데, 떠날 때에는 마차 몇 대밖에 안 되는 빈약한 행렬이었다. 그러나 진나라에서는 그곳 임금의 환심을 사서 마차를 백 대나 더 받아 가지고 의기양양해서 송나라로 돌아왔다. 그는 장자를 만나자 자랑을 늘어놓았다.

"좁은 빈민굴에서 궁상스럽게 짚신이나 삼고, 몸은 여위고 얼굴은 누렇게 들떠서 힘없이 빌빌대는 일 따위는 결코 나의 취향이 아니요. 그러나 나는 사신이 되어 만승의 제왕을 설득하여 따르는 마차가 백 대나 되게 하는 일에는 분명 자신이 있습니다."

장자가 말했다.

"진나라 왕이 한번은 병에 걸려 의원을 불렀다는군. 종기를 터뜨려 짜서 고름을 빼낸 자에게는 마차 한 대를 주고, 치질이 생긴 항문을 핥아서 고름을 빨아낸 자에게는 마차 다섯 대를 주었다네. 치료한 곳이 추접스러울수록 마차의 대수도 늘어난 셈이지. 자네도 왕의 치질을 고쳐준 것이 아닌가? 어떻게 돼서 마차를 그렇게도 많이 받았나? 꼴 보기도 싫으니 어서 꺼지게."

10

노(魯)나라 애공(哀公)이 한번은 안합(顔闔)에게 물었다.

"나는 공자를 재상으로 임명하려는데 어떻겠는가? 그것으로 과연 나라의 폐단이 고쳐지겠는가?"

안합이 대답했다.

"위험천만한 일입니다. 공자는 자연 그대로 두어야 할 새에게 색칠을 하는 사람입니다. 그는 말을 꾸미고 지엽적인 일을 가르침의 근본으로 삼으며, 자연의 본성을 학대하여 인위적 규범을 백성들에게 과시하면서도 그것이 인간성의 진실을 해치는 일인 줄도 모르고 있습니다.

그는 무엇이나 분별하는 마음으로 받아들이고 자기의 총명으로 처단해 가는 사람입니다. 어찌 백성들 위에 설 수 있겠습니까. 그가 마음에 드신다면 녹을 주어 먹여 살리는 것도 무방할 것입니다. 그 정도의 일이라면 잘못 준 것이라고 해도 별일은 없을 것입니다.

그러나 그에게 국정을 맡겨서 백성들이 본성을 떠나 인위적인 거짓을 배우도록 내버려둔다면 그것은 백성을 바르게 돌보는 일이 못 됩니다. 후세에 화근을 남기지 않기 위해서라도 그의 기용은 단념하시는 것이 좋겠습니다. 그의 능력으로는 도저히 나라를 다스릴 수 없을 것이기 때문입니다."

11

남에게 은혜를 베풀었다고 해서 그것을 잊지 않고 언제까지나 대가를 바라는 것은 무심한 하늘의 은혜와는 질적으로 다르다. 속이 빤히 들여다보이는 그런 행위는 장사꾼들도 외면한다. 설사 장사치들이 어쩔 수 없이 그들을 사람으로 취급한다고 해도 신령은 그들을 결코 사람으로 취급하지 않는다.

12

형벌에는 외면적인 것과 내면적인 것이 있다. 외면적인 형벌을 집행하는 것은 쇠나 나무로 만든 형구들이다. 이에 대해 내면적 형벌을 집행하는 것은 정신의 동요와 지나친 부조화다. 소인(小人)이 외면적 형벌을 받아야 할 때에는 쇠나 나무로 만든 형구로 고문하고, 내면적 형벌을 당해야 할 경우에는 음양의 기운이 그를 침식한다. 진인만이 이 두 가지 형벌을 면할 수 있다.

13

공자가 말했다.

"사람의 마음은 산천보다도 심오하여 하늘을 헤아리는 것보다 더 어렵다. 하늘에는 그래도 춘하추동과 아침저녁의 교대가 있지만, 사람은 얼굴을 두껍게 꾸미고 마음을 그 속에 깊이 감추고 있어서 그 실상을 알아내기가 어렵다.

그러므로 겉모양은 솔직해 보여도 내심은 교만한 사람이 있고, 겉모양은 인격자 같아도 속은 좋지 않은 사람이 있고, 온순해 보이면서 성미가 급한 자, 견실해 보이면서 어수룩한 자, 헐렁해 보이면서 영악스러운 자가 있다.

그러니까 정의를 좇을 때에는 목마른 사슴이 샘물을 갈구하듯 하던 사람도, 자신의 뜻대로 되지 않으면 마치 불에 델까 봐 불로부터 도망치듯 정의를 등지는 경우도 있다.

그러므로 군자가 자기를 섬기는 자의 사람됨을 간파하기 위해서는 다음과 같이 관찰하면 된다.

1. 멀리서 일하게 하여 충성을 시험하고
2. 가까이서 일하게 하여 공경하고 삼가함을 시험하고
3. 번거로운 일을 시켜 유능함을 시험하고
4. 갑자기 물어서 지혜를 시험하고
5. 급히 약속을 해서 신의를 시험하고
6. 재물을 맡겨서 이익 때문에 사람의 도리를 잃지 않았는지를 시험하고
7. 위급함을 알려서 절개를 시험하고
8. 술로 취하게 하여 법도를 시험하고
9. 남녀를 뒤섞어 색정에 빠지지 않는가를 시험한다.

이 아홉 가지 관찰의 결과가 나오면 성품의 우열은 일목요연해진다."

14

정고보(正考父)는 처음 사(士)에 임명되자 몸을 숙이고, 다시 대부(大夫)로 임명되자 허리를 굽히고 걸었으며, 세 번째 경(卿)으로 임명되자 머리를 푹 숙이고 길을 가도 담장을 끼고 남의 눈을 꺼리는 듯이 빠른 걸음으로 걸었다. 이런 태도라면 누가 본받지 않을 것인가.

그런데 요사이 못난 무리들은 사(士)에 임명되면 배를 쪽 내밀고, 다시 대부로 임명되면 마차 위에서 껑충껑충 뛰고, 마침내 경(卿)이라도 임명되면 아저씨뻘 되는 사람에게도 존댓말을 쓰지 않는다. 이런 자들이 천자의 자리를 서로 양보했다는 요(堯)와 허유(許由), 그 두 사람을 어찌 따

르랴.

15

타고난 덕에 후천적인 마음의 군더더기가 덧붙여지고 눈에 비치는 외물에 의해 마음이 흔들리는 것만큼 본래의 성품을 손상시키는 것은 없다. 마음에 눈이 있으면 안에서 밖을 바라보려 하고, 안에서 밖을 내다보면 마음이 외부의 사물에 현혹되어 마음의 조화를 잃어버리고 만다.

사람이 타고난 덕이 화를 일으키는 경우가 다섯 가지 있는데, 그중에서도 첫째가 마음이라는 악덕이다. 마음이라는 악덕은 무엇을 말하는가? 좋다는 생각과 나쁘다는 생각을 가지고 있으면서, 자기 비위에 맞으면 좋다 하고 맞지 않으면 싫어하는 것이다.

또 사람을 궁지에 몰아넣는 여덟 가지 허물이 있고, 영달시키는 것이 세 가지가 있고, 형벌을 받게 하는 것으로 여섯 가지가 있다. 잘생기고, 수염이 아름답고, 키가 크고, 몸이 당당하고, 위풍이 있고, 화려하고, 용기 있고, 결단력 있는 것 여덟 가지는 다 남보다 뛰어난 점이라고 생각될 것이지만 그로 말미암아 도리어 궁지에 몰리게 되는 수도 있다.

또 자기 고집을 세우지 않고 상대를 따라가는 것, 세상을 따르고 무리를 하지 않는 것, 겁을 먹은 듯이 처세하는 것은 남보다 못한 듯이 보일지 모른다. 그러나 이 세 가지는 다 통달의 길로 이끌어 줄 것이다.

그리고 형벌을 받게 하는 여섯 가지는 지(知), 용(勇), 동(動), 혜(慧), 인(仁), 의(義)를 말한다. 지모가 있으면 벌을 받게 되고, 혈기에 끌려 움직이면 원망을 많이 사고, 인의를 내세우면 비난을 많이 받게 된다.

생명의 실상을 파악한 사람은 위대한 생애를 보낼 수 있고, 인위적 지혜를 얻은 자는 보잘것없는 생애밖에 보내지 못한다. 또한 천명을 달관한 사람은 천지의 이법에 순종하고, 군주의 명령을 실행할 수 있는 자는 시세를 만나 세속적인 부귀는 누려도 무위 속에 안주하지는 못한다."

16

어떤 사람이 송(宋)나라 왕을 면회했는데 그 결과 그는 마차 열 대를 하사받았다. 그는 그 열 대의 마차로 해서 득의만면하여 교만을 떨었다. 장자가 말했다.

"황하 연변에 집이 가난하여 쑥으로 삼태기를 엮으면서 살아가는 사람이 있었다. 하루는 그의 아들이 깊은 못 속에 들어가 천금(千金)이나 나가는 구슬을 주워 왔다. 아버지가 아들에게 말했다.

'돌을 주워다가 구슬을 부수어 버려라. 값이 천금이나 나가는 이런 구슬은 반드시 깊은 못 물속 검은 용의 턱 밑에 있었을 것이 틀림없다. 네가 이것을 얻을 수 있었던 것은 마침 그 용이 잠을 자고 있었기 때문일 것이다. 만약에 용이 깨어 있었다면 너는 꼼짝없이 잡아먹혔을 것이다.'

그런데 지금 송나라는 깊은 못물만큼 위험하고, 송나라 임금의 난폭성은 흑룡의 사나움에 비할 바가 아니다. 당신이 마차를 열 대나 얻을 수 있었던 것은 마침 왕이 잠자고 있었기 때문이다. 송나라 왕이 만약 눈을 뜨고 있었다면 당신은 콩가루가 되었을 것이다."

17

　어느 왕이 장자를 재상으로 초빙했다. 장자는 자기를 데리러 온 사자(使者)에게 말했다.

　"당신은 제물로 끌려가는 소를 보았는가. 아름답게 수놓은 옷이 입혀지고 맛있는 풀과 콩을 먹여 대우가 극진하지만, 막상 끌려서 종묘로 들어갈 때 여느 송아지처럼 되게 해 달라고 간청한들 그 소원이 이루어지겠는가."

18

　장자가 죽으려 했을 때 제자들은 장례를 성대히 치를 준비를 하고 있었다. 그때 장자가 말했다.

　"나는 천지를 관곽(棺槨)으로, 해와 달을 한 쌍의 옥으로, 허공에 흩어져 있는 뭇별들을 작은 옥으로, 이 세상의 만물을 저승길의 선물로 삼으련다. 나를 장사 지내는 기구는 이것으로 충분하지 않은가. 그 이상 더 무엇이 필요하겠는가."

　제자들이 말했다.

　"까마귀나 솔개가 선생님의 시신을 쪼아 먹지 않을까 걱정입니다."

　장자가 다시 말했다.

　"땅 위에 팽개쳐 두면 까마귀나 솔개가 먹을 것이요, 땅 밑에 묻어 두면 개미와 땅강아지가 먹을 것이다. 모처럼 까마귀 솔개가 먹게 되어 있는 것을 빼앗아 개미와 땅강아지에게 주는 것도 불공평한 처사가 아니냐."

19

불공평한 마음을 지닌 주제에 만물을 공정히 다루려 한다면 그 공평은 진정한 공평이 되지 못한다. 증거가 모호한 인간의 지식으로 증거가 확실한 절대적 진리를 증명하려 해도 그 증명은 아무런 확실성도 못 가지게 된다.

그러므로 사람의 지식에 매인 사람은 외물의 노예가 되고, 자연 그대로의 정신을 지닌 이는 진리를 체험할 수가 있다.

따라서 사람의 지식이 자연적인 정신에 못 미치는 것은 본래부터 그런 것이다. 그럼에도 불구하고 어리석은 사람들은 그 미미한 소견을 믿어 인위의 세계에 빠져 들어가서 전혀 엉뚱한 짓만을 하게 마련이다. 이 어찌 슬픈 일이 아닌가.

〈해설〉

일곱 개의 설화와 그것을 연결하는 논술로 이루어진 위에 나온 '제32부 열어구'는 당시의 잡다한 사상들이 가미된 단편적인 것들을 일정한 체계도 없이 그저 되는대로 막연히 모아 놓은 것 같은 인상을 준다.

제33부 천하(天下)

1

이 세상에는 특정한 학문이나 기술을 공부하는 사람이 많이 있다. 그리고 그들은 누구나 자기가 배운 학문이나 기술을 최고로 알고 있다. 그러면 옛사람들의 소위 도(道)라고 한 것은 과연 어디에 있는 것일까?

도는 보편적인 것이므로 어디에나 있다고 대답해야 할 것이다. 그렇다면 도의 영묘한 작용은 무엇에 의해 나타나고, 도의 명백한 모습은 어떻게 하여 구체화하는가?

그것에 대한 대답은 이렇다. 성인의 출현이나 제왕의 공업(功業)은 다 하나에 근거를 두고 있으므로 이것이야말로 도가 구체화한 것이라고 할 수 있다.

2

도의 근원과 일체가 된 사람을 천인(天人)이라 하고, 도의 청순함을 그대로 지니고 있는 사람을 신인(神人), 도의 진실을 체득한 사람을 지인(至人)이라 한다. 자연을 근원적인 도로 삼고 무위의 덕을 근본으로 삼고, 도를 출입하는 문으로 삼고 모든 변화를 예견하는 사람을 성인(聖人)이라 한다.

그리고 인애(仁愛)를 베풀어서 은혜를 끼치고, 도의를 행하여 만사에 질서를 세우고 예를 따라 행동하고, 음악에 의해 성정(性情)을 조화하고 화기애애하여 자애에 넘쳐 있는 사람을 군자(君子)라 한다.

그런데 성인이 제왕이 될 때 구체적으로 어떤 정치가 행해질 것인가? 그는 법률로써 상하의 분수를 정하고, 관명(官名)에 의해 직무를 나타내고, 발언과 실적을 참조해서 허실을 확인하고, 공죄를 고려해서 상벌을 결재해 간다. 상벌을 등급매기는 1234의 숫자가 이것을 의미하며, 백관은 이 숫자화 된 등급에 따라 질서를 유지하게 된다.

그는 또 농사일을 백성의 천직으로 삼고, 의식문제를 가장 중요시하고 가축의 번식, 곡식의 저장, 노인과 어린이와 고아와 과부 등에 대한 특별한 배려를 한다. 이런 시책들은 다 백성들을 잘살게 하는 도리에 부합되는 일들이다.

〈해설〉

＊ 1234의 숫자 : 『한비자』 유도편(有度篇)에 '인법수심상벌(因法數審賞罰)'이라는 말이 있다. 1234는 이 법수(法數)에 해당한다.

'법으로 분수를 밝히고' 이하는 법가(法家)의 이른바 형명참동(形名參同)의 정치를 염두에 둔 표현이고, '농사일로 천직을 삼고' 이하는 맹자의 주장을 인용하고 있다.

3

옛날의 성인은 이렇게 완전한 덕을 갖추고 있었다. 그들은 천지조화의 영묘한 작용과 짝하고 천지의 무위와 덕을 같이 하고, 만물을 화육하고 천하를 평화롭게 하여 그 은혜는 백성에게 널리 미쳤다.

그리고 근본이 되는 무위자연의 도에 대해 투철한 자각을 갖고 그 자각은 지엽적인 예악(禮樂), 법제(法制)에까지 미쳤다. 이것을 체계화하여 자유자재로 일체의 존재를 널리 포용함으로써 그 작용이 미치지 않는 곳이 없었다.

그들의 업적 중 명백한 형태로 제도화된 것은 예전부터 전해 내려오는, 조상으로부터 전승된 기록 속에 많이 남아 있다. 또 『시경(詩經)』과 『서경(書經)』이나 『예경(禮經)』, 『악경(樂經)』의 경전 속에 기록돼 있는 것은 추(鄒)나라, 노(魯)나라의 유생들과 벼슬하는 지식인 중에 그것을 해독하는 사람이 많다.

경전들의 특징을 대강만 말해 보자. 『시경』은 사람의 정서를 함양하기 위한 것이고, 『서경』은 정치의 지침을 보여 주는 것이고, 『예경』은 행동의 기준을 보여 주는 것이고, 『악경』은 사회의 조화를 도모하자는 것이고, 『역경』은 음양의 자연 철학을 전개한 것이고, 『춘추(春秋)』는 대의명분을 가리킨 것이라고 하겠다. 기타 성인이 제정한 법으로 천하에 분포되어 중국에서 시행되고 있는 것에 대해서는 여러 학파에서 이따금 언급하고 있다.

4

천하가 크게 혼란해지자 성현들은 자취를 감추고 제각기 자기 나름의 도덕을 내세우게 되었다. 세상 사람들은 겨우 도(道)의 일면만을 맛보고도 전부를 얻은 것으로 착각하고 있다. 이를테면 귀, 눈, 코, 입이 각기 다른 기능을 지니고 있지만 그 기능이 서로 통하지는 않는다.

여러 학파의 다른 기술이 다 장점이 있어 때로는 중요한 구실을 할 수 있지만 모든 것을 겸하지 못하고 보편성도 없어서 한쪽으로 기울어져 있는 것과 같다. 그들은 천지의 아름다움을 쪼개고 만물의 도리를 분석해서 옛사람의 전일적인 덕을 분산만 시키고 있을 뿐, 천지의 미덕을 완전하게 몸에 갖추고 조화의 영묘한 작용에 합치할 수 있는 자는 거의 없다.

이 때문에 내성외왕(內聖外王)의 진실한 도는 암흑 속에 싸여 자취를 감추고 갇혀서 나타나지 않게 되어, 천하 사람들은 각기 제멋대로 자기 나름의 가르침을 내세우기에 이르렀다.

아, 이건 정말 한심스러운 일이 아닌가. 여러 학파들은 제 견해만 고집하고 조금도 반성의 기색이 안 보인다. 이래 가지고는 의견의 일치가 이루어질 리가 없다. 후세 학자들은 불행히도 천지의 순일함이라든가 도에 대한 옛사람들의 대국적 파악을 외면하고 있어서, 도를 전하는 진정한 학문은 학자들에 의해 갈기갈기 찢겨지고 있는 것이다.

5

도가 쇠미해진 지금 세상에서 사치에 흐르지 않고 만물을 낭비하지 않으며, 예법과 제도를 꾸며대는 문명의 허식을 버리고 엄한 규범에 의해 행동을 억제하여 세상의 위급상황에 대비해야 한다는 견해가 있다. 옛날의 도술은 이런 자기희생과 검소의 주장 속에 확실히 살아 있다.

묵적(墨翟), 금골리(禽滑釐) 등은 이 가르침을 듣고 기뻐하여 아주 엄격히 그것을 실천하고, 행동에 있어서는 반드시 그 가르침을 따랐다. 이리하여 그들은 음악을 사치로 돌려 부정하는 '비악(非樂)'을 주장했고, 또 허식을 없애고자 '절용(節用)'을 내세워 살아 있을 때는 노래도 부르지 않고, 죽은 사람에 대해서는 상(喪)을 입는 예법조차 폐지해 버렸다.

〈해설〉

＊ 비악(非樂), 절용(節用) : '묵자'에 보이는 편명(篇名). 4장까지가 도술의 전통을 말한 서론적인 것이라면 5장부터는 여러 학파의 주장들을 서술하고 비판한 것이다. 여기서는 먼저 묵자와 그의 제자인 금골리의 학문이 소개되었다.

<h1 style="text-align:center">6</h1>

묵자는 겸애와 이타 정신을 강조하고 전쟁에 반대했다. 그의 주장은 남에게 성을 내지 않는 것이었다. 그는 또 학문을 좋아해서 견문을 넓히기에 힘썼는데, 그 점은 선왕의 가르침과 일치했다. 그러나 그것과 다른 것은 고래의 예법과 음악을 비난한 점이었다.

고대의 음악으로서 황제에게는 함지(咸池)라는 음악이 있었고, 요임금에게는 대장(大章), 순임금에게는 대소(大韶), 우임금에게는 대하(大夏), 탕왕에게는 대호(大濩), 문왕에게는 벽옹(辟雍)이라는 음악이 있었다. 무왕과 주공은 무(武)라는 음악을 만들었다.

또 고래의 상례(喪禮)는 귀천에 따라 격식이 있고 상하에 따라 등급이 정해져 있었다. 이를테면 관곽(棺槨) 같은 것도 천자는 내관(內棺), 외곽(外槨)을 합해 일곱 겹이었고, 제후는 다섯 겹, 대부(大夫)는 세 겹이었다. 그런데 지금 예악을 부정하는 묵자만은 생전에 노래하지 않고 죽어서는 상례를 폐지하며, 관은 두께가 세 치밖에 안 되는 오동나무로, 외관은 없는 것으로 정해 놓았다.

그러나 이런 극단적인 검소를 백성들에게 가르친다는 것은 그의 겸애의 주장과는 아마도 모순될 것이다. 이것을 스스로 시행한다면 그야말로 자학 행위가 될 것이다. 나는 묵자의 도를 비난할 생각은 없다.

그러나 사람들이 즐거워 노래하는데 노래하면 안 된다 하고, 슬퍼서 통곡하고 싶은데 통곡하면 안 된다 하고, 음악을 연주하고 즐기고 싶은데 즐기면 안 된다 하는 것이 과연 자연스런 인정과 합치된 것인가.

살아서는 아등바등 기를 쓰다가 죽으면 아무렇게나 묻어 버리고 만다면, 그 가르침이야말로 너무나 냉혹하여 사람들이 한탄케 하고 슬프게 하는 것이어서 실행성이 없다고 하지 않을 수 없다. 이것을 성인의 가르침이라고는 말할 수 없을 것이다.

천하 사람들의 심리에 역행하는 이런 일은 아무도 감당하는 자가 없을 것이다. 묵자 한 사람만은 그것을 실행하겠지만 다른 사람이야 누가 그것을 거들떠나 보겠는가. 천하 사람들과 유리된 가르침이라면 왕도(王道)와는 거리가 멀다고 하지 않을 수 없다.

〈해설〉

묵자의 학설을 구체적으로 비판했는데 대체적으로 공정한 것으로 생각된다.

7

묵자는 자기의 도를 해설하면서 이렇게 말했다.

"옛날에 우임금은 홍수를 막고 장강과 황하의 물길을 터서, 사방의 이적(夷狄)과 구주 땅 왕래를 자유롭게 했다. 그때에는 큰 강은 3백, 지류는 3천, 기타 무수한 작은 물이 범람하고 있었던 것을, 우임금이 친히 삼태기와 보습을 잡고 공사를 독려해서 천하의 물을 하나로 합류케 했다.

그때의 우임금은 노동 때문에 장딴지의 살이 빠지고 정강이의 털이 많이 닳아 없어졌다. 또 장마에 온몸이 젖고 모진 바람에 머리가 흐트러지는 등, 이루 말할 수 없는 고생을 한 끝에 많은 도시를 건설했다. 우는 위대한 성인이었으나 이처럼 천하를 위하여 몸을 들보지 않았다."

묵자가 이처럼 우임금을 찬양한 것은 후세의 묵자학파 사람들로 하여금 그들이 모두 검소한 옷을 입고, 나막신이나 짚신을 신으며, 밤낮없이 고행하는 것을 최고의 규범으로 삼도록 하기 위해서였을 것이다. 그러므로 그는 이렇게 할 수 없는 자는 우임금의 도를 배반하는 것이며 묵자의 교도라고 말할 수 없다고 했다.

8

묵자의 후계자로서 상리씨(相理氏)의 제자들과 오후(五候)라는 사람이 이

끄는 일파가 있었고, 남방의 묵자학파로서 고획(苦獲), 이치(已齒), 등릉자(鄧陵子)의 일파가 있다. 그들은 다 같이 묵자의 경전을 읽었지만 그 주장은 서로 달라서 일치하지 않으며, 서로 상대를 묵자학파의 별파(別派)라고 헐뜯었다.

그와 함께 굳고 흰 돌은 하나냐 둘이냐 하는 궤변을 가지고 상대를 비난하고, 기(奇)라고 하면 우(偶)라고 하고 우라고 하면 기라고 하는 말도 안 되는 논쟁을 주고받았다. 또한 자기네의 우두머리를 성인이라 떠받들어 그를 여럿이서 맹주로 삼으려 했다. 그리고 이것이 묵자학파의 전통이 되기를 열망하여 지금까지 결말이 나지 않는 싸움을 되풀이하고 있다.

〈해설〉

* 상리씨(相里氏) : 성은 상리, 이름은 근(勤)으로서 묵자학파의 학자. 그의 얘기는 『한비자』 현학편에 나온다.

* 오후(五候) : 오가 성이다. 고서에는 오자서(伍子胥)도 오(五)라고 많이 썼다.

* 고획(苦獲), 이치(已齒) : 각기 인명이나 상세한 것은 알려지지 않았다.

* 등릉자(鄧陵子) : 묵자의 제자로 『한비자』에도 나온다. 묵자의 후계자들의 대립과 분열이 간단히 소개되었다는 점에서 역사적으로 귀중한 문헌이 되었다.

9

묵자나 그의 제자인 금골리의 사상은 옳다고 해야 하겠지만 그 실천 방법에 잘못이 있었다. 그들은 후세 묵자 학도들에게 장딴지의 살이 빠지고 정강이의 털이 없어질 정도의 자학적인 고행을 강요함으로써 모두 생명을 고갈시켰을 뿐이었다. 이 이상 천하를 어지럽히는 방법이 또 있을 수 없었으며, 천하를 편리하게 통치하는 방법으로도 가장 졸렬했다.

그러나 묵자야말로 천하 사람들 전체에 대해 평등한 사랑을 지녔던 사람으로 생각된다. 그는 자기 이상을 추구한 끝에 실현되지 않으면 고목처럼 여위는 한이 있어도 노력을 중지하지 않는 사람이다. 원만한 도인은 아니나 상당한 인재라 하겠다.

〈해설〉

묵자학파에 대한 언급은 여기에서 끝났다. 이것으로 보아 비록 실천 방법에는 동의할 수 없지만 그 이상만은 높이 사 주었다는 것을 알 수 있다.

10

세속에 의해 어지러워지지 않고 외물에 얽매이지도 않으며, 남에게 가혹한 요구를 하지 않고 대중의 의사를 거역하지 않으며, 세계가 평화로워서 민생을 안정시키고 남이나 자기나 다 같이 생활이 넉넉하기를 원하며, 이 자족한 생활로 인하여 지나친 욕망을 버리고 마음을 깨끗이 한다는 평화주의 사상은 고대의 도학 속에도 하나의 학파로서 존재하고 있었다.

송견(宋鈃), 윤문(尹文)은 이런 학설을 듣고 기뻐하여 상하가 똑같이 생긴 화산관(華山冠)을 만들어 쓰는 것으로 그들의 평화주의를 상징했다. 그리고 만물을 접하는 데 있어서도 온갖 말의 개념 규정을 명확히 하는 것을 근본으로 삼아 마음의 현상을 설명했는데, 그것을 진리의 작용이라고 불렀다.

이런 정신 분석을 기초로 해서 인류의 친목을 굳건히 다지고, 전체를 조화시켜 세계 평화의 기초로 삼으려는 것이 그들의 주장이었다. 이리하여 그들은 남에게서 모욕을 당해도 마음의 평정을 잃지 않음으로써 사람들 사이의 싸움을 없애려고 했다. 따라서 그들은 전쟁을 반대하고 군비 철폐를 주장함으로써 이 세상에서 전쟁을 없애려고 애썼다.

그들은 이러한 주장을 가지고 천하를 주유(周遊)하여 위로는 군왕을 설득하고 아래로는 대중을 계몽했다. 그들은 온 천하가 자신들을 상대해 주지 않는데도 목청을 돋워 그들의 주장을 되풀이했다. 그 때문에 상하가 다 만나기 싫어하는데도 억지로 만나려 한다는 비난을 샀다.

〈해설〉

송견, 윤문 일파에 대한 논급이다. 송견은 '소요유'에서 "내외의 분수를 정하고 영욕의 갈피를 가린다"고 했고, 『한비자』에서는 '송학(宋學)의 관서(寬恕)'라는 평을 들은 송영(宋榮) 바로 그 사람이다. 또 『맹자』에 나오는 송경(宋牼) 역시 바로 송견이다. 그는 무저항적 반전론을 전개하고 백심(白心)과 과욕(寡慾)을 주장했다.

윤문은 『여씨춘추(呂氏春秋)』, 『설원(說苑)』 등에 나오는 같은 계열의 사상가다.

11

그러나 그들은 남을 위하는 데만 관심을 갖고 자기를 위하는 데는 지나치게 소홀했다. 그들은 이렇게 말했다.

"우리는 그저 다섯 되의 밥만 얻을 수 있으면 그것으로 충분합니다. 선생님께서도 배불리 잡수시지는 않으시니까요. 저희들은 비록 주린 배를 안고서라도 천하를 위해 일할 것을 잊은 적이 없습니다."

그들은 밤낮을 가리지 않고 노력하여 '나는 반드시 민생을 안정시켜 놓겠다'고 나선다. 얼마나 고매한 뜻인가. 진정 세상을 구하는 의사라고나 해야 할 것이다.

그들은 또 말했다.

"군자는 남의 흠을 찾지 않으며 자기를 외물의 희생으로 삼지 않는다."

세계 평화에 무익한 일은 절대로 하지 않겠다고 그들은 다짐했다. 요컨대 그들은 전쟁 반대와 군비 철폐를 사회적 과제로 삼고, 정욕을 줄여서 마음을 담담하게 갖는 것을 내면적 명제로 삼았다. 그들의 온갖 주장의 실천 목표는 오직 이 점에 집중되어 있었다.

12

공평하되 편벽되지 않고, 평등하되 사심이 없고, 허심탄회하되 선입견을 안 지니고, 대상을 그대로 따르되 의혹을 품지 않고, 분별심을 가지지 않고 책략을 쓰지 않으며, 외물에 대해 이것저것 가리지 않고 만물의 있는 그대로를 따라가는 무차별적인 평등주의는 옛날의 도의 가르침 속에도 들어 있다.

팽몽(彭蒙), 전병(田騈), 신도(愼到) 등은 그 가르침을 듣고 기뻐하면서 만물을 평등하다고 보는 근본적 입장을 도라고 생각했다.

그들은 말했다.

"하늘은 만물을 뒤덮기는 해도 실을 수는 없으며, 땅은 만물을 실을 수는 있어도 뒤덮지는 못한다. 그리고 음양의 위대한 도리(大道)는 일체를 포용하기는 하나 그것을 분별할 줄은 모른다. 그렇다면 만물은 할 수 있는 일과 할 수 없는 일이 있음을 알게 된다.

그러므로 일부를 선택하면 만물을 널리 포용할 수 없고 만물을 비교, 차별하는 한 궁극의 진리에 도달할 수 없다. 보편적 입장이요 궁극적 진리인 도는 어떤 것도 버리지 않고 일체를 평등하게 포섭한다."

〈해설〉

팽몽, 전병, 신도 일파의 학설에 대하여 언급하고 있다. 팽몽은 전병의 스승이며 그의 학설은 여기에 소개된 것 이외에는 기록이 남아 있지 않다. 전병, 신도는 이른바 '직하(稷下)의 학사군(學士群)'의 일원이다.

13

그러므로 신도(愼到)는 분별하는 지식을 버리고 주관을 떠나 필연적인 도를 따랐다. 그는 외물을 따라가는 것을 도의 바른 모습이라고 생각했다. 그래서 그는 말했다.

"상식적 입장에서 알고 있다고 여기는 것은 실상을 아는 것이 아니다."

이것은 상식적인 지혜를 경멸하는 것이겠지만 결국은 지혜 자체까지도 부정하려는 태도라고 아니할 수 없다. 그는 일부 사람들이 남에게 적당히 맞장구를 쳐서 책임을 회피하고, 세인들이 현인이라고 떠받드는 것을 비웃었으며, 행실을 닦으려 하지 않고 제멋대로 행동하는 천하의 성인들을 비웃었다.

모든 규범을 깨 버린 채 외물과는 융통성 있게 가락을 맞추고, 시비의 판단을 포기하여 당장의 어려움만 어물어물 넘겨 버리려고 하고, 지혜에 의지하려 하지 않고 앞뒤 생각도 없이 자기 홀로 초연하게 서 있을 뿐이었다. 밀려서야 움직이고 끌려서야 나아갔다.

마치 회오리바람처럼 빙글빙글 돌고, 새의 깃털처럼 나부끼는가 하면 돌멩이처럼 데굴데굴 굴러다니는 것과 같았다. 몸은 온전히 보존하면서도 과실은 저지르지 않았으며 행동에 실수가 없었으므로 형벌을 받을 일도 없었다. 깃털이나 돌멩이처럼 지각을 갖지 못한 자연물은 자기를 주장하는 고통도 없고 머리를 쓸 근심도 없이, 일체의 행동이 자연의 이치를 따르고 있으므로 죽을 때까지 칭찬이나 비난에서 초연할 수 있었다.

그는 말했다.

"지각없는 자연물같이 되면 그만이다. 성인, 현인이 될 필요는 없다. 저 흙덩이야말로 도를 체득하고 있다 할 수 있다."

이에 대해 성현의 도에 뜻을 둔 호걸들은 이렇게 비판했다.

"신도의 가르침은 산 사람이 하는 일이 아니라 죽은 사람에게나 어울리는 도리다. 그런 것을 실행하는 일은 도깨비에게나 어울릴 것이다."

14

전병(田騈)의 주장도 이와 같았다. 그는 팽몽(彭蒙)에게서 배웠는데, 만물을 차별하지 않는 철학을 지니고 있었다. 팽몽의 스승은 이런 말을 했다.

"옛날의 도인은 시비를 아울러 초월하는 경지에 도달해 있었다. 그들의 가르침은 고요하고 깊거니와 어찌 말로 다 나타낼 수 있을 것인가."

그러나 팽몽, 전병에게는 이 말의 진의가 이해되지 않았다. 그들은 항상 세상 사람들에게 반대함으로써 대중에게서는 무시당했고, 늘 예의나 규범을 공격하는 시비 상대의 입장에 떨어져 있었다. 그들의 도는 시비를 넘어선 진정한 의미의 도가 아니었다.

그들이 주장하는 시(是)는 아직은 시비가 대립하는 시였다. 그러므로 여전히 비(非)임을 못 면하는 성질의 것이었다. 요컨대 팽몽, 전병, 신도 등은 진정한 도를 모르고 있었다고 아니할 수 없다. 그러나 도의 개요를 어렴풋이 짐작은 했던 사람이라고 보아야 할 것이다.

15

만물의 근원인 형태 없는 도를 정미하다고 보고, 이 현상계의 모든 존재를 조잡한 것으로 생각하며, 물질을 제아무리 쌓아 올려도 도의 견지에서 보면 불충분하다고 달관하고, 욕심이 없고 편안하고 깨끗하고 오직 영묘한 예지와 일체가 되는 무위자연의 가르침은 고래의 도의 가르침 속에도 이미 존재해 있었다.

관윤(關尹)과 노담(老聃)은 이 가르침을 듣고 공명해서 도와 만물이라는 이원적 학설을 근본으로 세우고, 이것을 태일(太一)이라는 궁극적 개념으로 포섭하였다. 그들은 유약과 겸허를 겉으로 표방하고 일체 만물을 손상함이 없이 포용하는 공허한 보편자인 무를 근본적 실재로 삼았다.

16

관윤(關尹)은 이렇게 말했다.

"이 세상을 살아가면서 자기에게 집착하지 않으면 모든 존재는 있는 그대로의 모습으로 내 앞에 나타난다. 자기에게 집착하지 않는 사람은 그 행동이 흐르는 물과 같이 자연스럽고, 그 고요한 심경은 밝은 거울과 같으며, 외부 사물에 접응하는 태도는 메아리가 소리에 응하는 것처럼 자연스럽다.

그의 용모는 멍청하여 무엇을 잃은 것 같고, 마음은 고요해서 맑은 물과도 같다. 자기를 공허하게 하여 도와 일체가 되면 자연의 조화가 실현되지만 분별심이 작용하면 도는 상실된다."

관윤은 언제나 남의 선두에 나서려 하지 않고 늘 남의 뒤를 따라가며 살았다.

〈해설〉

15장부터는 노자학파에 대한 논급이다. 관윤은 노자가 『도덕경』을 쓰게 한 장본인이라는 전설이 전해 내려오고 있다.

<h1 style="text-align:center">17</h1>

노자는 이렇게 말했다.

"남성적인 굳센 정신을 안 다음에 여성적인 부드러움을 지킬 수 있으면 개울물이 모여드는 시내같이 천하가 귀순하게 된다. 깨끗함이 무엇인지를 이해하고 나서 더러움을 감당할 수 있으면 모든 것을 받아들이는 골짜기같이 천하를 포용할 것이다."

이것은 사람마다 남에게 앞서고자 하나 자기만은 맨 뒤에 서려 하는 유약, 겸허의 정신을 설명한 말이다.

노자는 또 이렇게도 말했다.

"나는 천하 사람들의 때를 모두 이 내 몸에 받겠다."

이는 다른 사람들이 실리를 취하는 데 대해 자기 홀로 형태 없는 도를 지켜나가겠다는 뜻이다. 이런 사람은 그 무엇에도 집착하려 하지 않았으므로 항상 마음에 여유가 있다. 그의 여유는 치솟는 산처럼 안정된 자족의 여유인 것이다. 그의 처신은 항상 원만하여 심신을 소모하지 않는다.

만사를 무위자연에 맡기고 잔재주 부리는 자들을 비웃어 버린다. 남들은 세속적인 행복을 추구하지만 자기만은 인생을 원만하게 살아냄으로써 천수를 다한다.

노자는 이렇게 말했다.

"어쨌든 화를 면하고 사는 일이 가장 중요하다."

그는 심원한 것을 인생의 근본으로 삼고, 간소를 생활의 법도로 삼는다.

그래서 그는 이렇게 말했다.

"굳은 것은 부러지고 날카로운 것은 꺾인다."

그는 상대에 대해 항상 관용에 넘치고, 남에게 고통을 주는 일이 없다. 이런 인생 태도는 최고의 것이라고 할 수 있다. 이러한 관윤과 노자야말로 옛사람들이 말한 박대진인(博大眞人) 즉 광대무변한 덕을 지닌 도인이라고 할 수 있다.

〈해설〉

그 당시의 대표적인 학파 즉 묵적(墨翟), 송견(宋鈃), 신도(愼到), 노자(老子)의 학설에 대한 비평은 이것으로 끝냈다. 역시 노자를 가장 높이 평가하고 있는 것이 돋보인다.

18

고요하면서도 형태가 없고 부단히 변화하면서도 정지하지 않는 도(道)란 불가사의한 것이다. 만물은 도의 작용에 의해 사멸하고 또 생성하게 되는 것일까? 옛사람은 "천지와 나는 병생(竝生)한다" 했다. 과연 천지는 나와 더불어 사는 것일까? 천지조화의 영묘한 작용은 끊임없이 진행되고 있다.

나는 그 작용을 따라 옮겨가는 것일까? 나는 망연자실한 채 어디로 흘러가는 것일까? 삼라만상은 모두가 내 앞에 전개되고 있건만 그중 어느 것도 내 궁극적인 근거가 되기엔 부족하다.

중국 고래의 도의 가르침 속에는 이같이 자기 자신의 근원적 입장에서 도를 응시하는 철학의 일파가 있었다. 장자는 그 가르침을 듣고 공명하여 절대 자유의 정신계에로의 비상과 상식적 사고에서의 탈출을 시도하게 되었다.

다시 말해서 그는 상식적 사고를 똥딴지같은 소리라고 여기는 파천황(破天荒)의 교설(敎說)에다가, 이를 황당무계하다고 조소하는 분방한 논리에 남의 추종을 불허하는 기발한 언사를 구사해서, 어떤 특정한 견해에도 동조하지 않고 일면적인 가치관으로 사물의 진상을 왜곡하지 않는 혜안을 가졌다.

그는 요즘 사람들은 모두가 명리에 현혹되어 정신이 혼탁해졌으므로 정상적인 대화로는 원만한 의사소통이 불가능하다고 말했다. 그래서 상대에 따라 바뀌는 치언을 써서 도의 얽매임 없는 묘용을 나타내고, 옛사람의 말에 기탁하는 중언을 써서 자기 말의 진실성을 강조하는가 하면, 직설을 피하고 다른 사물에 비유하는 우언을 써서 자기주장을 객관화하였다.

자기는 홀로 천지의 영묘한 도와 같이 노닐면서도 현상계를 백안시하지는 않았고, 시비를 하나로 보면서도 세속인들 속에 끼어 유유히 살아간다.

〈해설〉

지금까지 네 개의 학파에 대하여 논해 온 필자는 여기서 초점을 오로지 장자에게만 돌려 그가 최고의 도의 경지에 도달했음을 강조하고 있다.

19

그의 저서는 규모가 웅대하고 상식적 사고를 훨씬 초과하면서도 그 논술은 원활자재(圓滑自在)하여 남을 해치는 일이 없었다. 문장의 표현도 신출귀몰하여 상식적인 조화 따위는 처음부터 안중에 두지 않았다. 그러면서도 기기묘묘해서 파격적인 흥미가 있었다.

그리고 그의 글의 내용은 생명력이 충일하여 끝없는 풍성함을 유지하고 있다. 위로는 조물주와 함께 노닐고, 아래로는 생사를 벗어나고 시간을 초월한 자와 벗하는 경지에 도달했다. 그의 근원적 진리에 대한 파악은 광대활달(廣大豁達)하고 심광주도(深廣周到)하며, 그의 도에 대한 이해는 정신의 평안한 조화를 얻어 높은 세계로 올라가 버린 자, 즉 신선과 같은 존재라 할 수 있다.

그의 도는 이처럼 위대하다. 그러나 그가 변화하는 현상계를 대상으로 삼라만상의 존재 양상을 해석할 때 그 진리는 말로는 형용할 수 없는 깊이를 지니고, 그 진리가 현상계에 나타나는 활동력은 무한한 것이다.

그것은 하도 망망하여 포착할 수 없고, 그 광대무변함에 놀라 멍청해진 우리의 인식 능력을 벗어나 있으며, 그 의도는 그의 재주로도 다 구명할 수 없는 무한한 깊이를 지니고 있다. 그런 의미에서 그는 또한 '미진한 것을 남긴 자'라고나 해야 할 것이다.

20

혜시(惠施)의 학문의 범위는 다방면에 걸치고, 그의 장서는 수레 다섯 대에 실어야 할 만큼 많았다. 그러나 그의 학문은 이것저것 뒤섞여 통일성이 결여되어 있고, 그의 주장은 본질에서 이탈되어 있는 것이 많다. 그의 주장을 대표하는 것에 역물십사(歷物十事)라는 것이 있다. 역물이란 사리를 논리적으로 분석한다는 뜻이다.

(1) 무한대(無限大)에는 덧붙일 것이 없다. 덧붙일 수 있으면 무한대가 아니기 때문이다. 이것을 대일(大一)이라고 한다. 우리는 또 무한소(無限小)를 생각할 수 있다. 무한소에는 그 내부가 있을 수 없다. 있을 수 있으면 무한소가 되지 못하기 때문이다. 이것을 소일(小一)이라고 한다.

(2) 극미(極微)의 것은 두께가 없다. 두께가 있는 것은 더이상 쌓아올려 크게 할 수 없지만, 오히려 천 리나 되는 광대함이 있다. 극소와 극대, 무와 유는 원래 차이가 없기 때문이다. 다시 말해서 공간의 제약을 받지 않는 극소는 극미인 동시에 극대이기도 한 것이다.

(3) 높으니 낮으니 하는 것은 상대적 개념이며, 무한의 크기에서 볼 때는 의미를 상실한다. 그러므로 하늘과 땅은 똑같이 얕고, 산과 못은 똑같이 평평하다고 할 수 있다.

(4) 무한의 시간에서 보면 우리의 상식적인 시간은 의미를 잃는다. 그러기에 정오가 곧 저녁이요, 만물은 태어남과 동시에 죽는다고 할 수 있다.

(5) 유개념(類概念)과 종개념(種概念)이 다른 것을 소동이(小同異)라 하고, 만물이 물질적 존재로서는 같지만 개별적으로는 모두 다른 것, 다시 말해서 개별과 보편의 다르고 같은 것을 대동이(大同異)라고 한다.

(6) 공간은 나눌 수 있는 극대의 것인 동시에 나눌 수 없는 극미의 것이기도 하다. 그러므로 가령 남쪽을 향한 거리는 무한하다면 무한하고 유한하다면 유한한 것이다.

(7) 무한한 시간에서 볼 때는 어제니 오늘이니 하는 구분은 무의미하다. 그러므로 오늘 월(越)나라에서 출발하여 어제 도착했다고 말할 수도

있다.

(8) 맞이은 빈틈없는 고리는 풀 수 없다는 것이 상식이지만, 고리와 고리가 결합되려면 극미의 공간이 있었을 것이다. 극미는 동시에 극대이기도 하므로 결합된 고리는 자유롭게 풀 수도 있다는 논리가 성립된다.

(9) 공간은 무한대이므로 천하의 중심은 연(燕)나라의 북방이라고 해도 되고, 남쪽에 치우쳐 있다는 월(越)나라의 남방이라고 다시 지정해도 된다.

(10) 여기서 천지만물을 사랑해야 한다는 결론이 나온다. 왜냐하면 앞에서도 본 바와 같이 시간과 공간은 무한해서 차별이란 성립할 수 없기 때문이다.

혜시는 이상과 같은 궤변을 가지고 세계 전체를 대국적으로 달관한 것이라 생각하여 다른 변론가들을 설득했고, 다른 변론가들도 다음과 같은 명계(命題)를 즐겨 다루었다.

21

혜시(惠施)를 중심으로 한 다른 논리학자들의 궤변에 이런 것들이 있다.

(1) '알에 털이 있다.' 왜냐하면 시간은 본래 무한하므로 그런 견지에서 본다면 알에서 닭이 되기까지의 시간은 무시되어도 좋기 때문이다.

(2) '닭에는 발이 셋이 있다.' 우리의 인식은 대상과 개념에 의해 성립된다. 닭의 발이라는 이름은 단독적 개념이므로 그것이 하나가 되고, 구체적 대상인 발은 둘이므로 합쳐서 셋이 된다.

(3) '초(楚)나라 서울인 영(郢) 안에 천하가 있다.' 무한한 공간에서 볼 때 천하는 무(無)와 같다. 따라서 천하와 영(郢)이라는 도시 사이의 차이

도 의미를 잃게 된다. 따라서 하나가 전체요 전체가 하나인 것처럼, 영(郢)이 천하요 천하가 영(郢)인 것이다.

(4) '개를 양이라 해도 된다.' 개나 양이나 네 발 가진 짐승이라는 점에서는 같기 때문이다.

(5) '말이 알을 낳는다.' 말은 태생 동물이고 새는 난생 동물이지만, 동물이라는 점에서는 아무 차별도 없기 때문이다.

(6) '개구리에 꼬리가 있다.' 개구리는 실제로 꼬리 있는 올챙이가 변한 것이다. 시간은 무한하므로 올챙이가 개구리가 되기까지의 시간은 무시되어도 좋기 때문이다.

(7) '불은 뜨겁지 않다.' 불이 뜨겁다는 것은 불과 가까이 있는 인간의 감각이 그렇게 느꼈을 뿐이다. 불과 멀리 떨어져 있는 사람은 뜨거움 같은 것은 느끼지 않는다. 실상의 세계에서는 시간과 공간은 원래 없는 것이다.

(8) '산은 입에서 나온다.' 산은 거대한 흙과 바위로 이루어진 덩어리이지만 '산'이라는 낱말은 사람의 입에서 나오는 것이지 '산'에서 나오는 것은 아니기 때문이다.

(9) '수레바퀴는 땅에 닿지 않는다.' 수레바퀴가 땅 위를 구르는 것은 수레바퀴와 땅 사이에는 극미의 공간이 있기 때문이다.

(10) '눈은 보지 않는다.' 눈이 사물을 보기 위해서는 눈을 관장하는 주체와 대상, 빛, 시각이 있어야지 눈 단독으로는 아무것도 볼 수 없기 때문이다.

(11) '손가락은 닿지 않고, 닿으면 떨어지지 않는다.' 손가락이 어떤 물건에 완전히 닿았다면 떨어질 리가 없기 때문이다.

(12) '거북이는 뱀보다 길다.' 진리의 세계에서는 원래 길고 짧음의 차이가 없다. 짧은 것이 긴 것이고 긴 것은 짧은 것이기 때문이다.

(13) '곡척(曲尺)으로는 네모꼴을 그릴 수 없고, 그림쇠(컴퍼스)로는 원을 그릴 수 없다.' 우리 눈에 보이는 네모꼴과 원의 차이는 원래 절대적인 것이 아니다. 만물은 하나이므로 궁극적으로 원과 네모꼴의 차이는 있을 수 없기 때문이다.

(14) '구멍은 자루에 맞지 않는다.' 자루를 박기 위해 나무나 돌에 구멍을 뚫었을 때, 자루에 절대적으로 꼭 맞게는 뚫을 수 없기 때문이다.

(15) '날아가는 새의 그림자는 움직이지 않는다.' 시간은 무한히 쪼갤 수 있으므로 새의 그림자도 마치 영화 필름처럼 그 순간순간 정지한다. 다시 말해서 움직이는 것은 움직이지 않는 것이고 움직이지 않는 것은 움직이는 것이다. 동(動)과 정(靜)은 원래 하나인 것이다. 생사일여(生死一如)인 것과 같이 동정일여(動靜一如)인 것이다.

(16) '아무리 빠르게 날아가는 화살도 가지도 않고 멈추지도 않는 시간이 있다.' 화살이 날아가는 시간은 무한히 쪼갤 수 있고, 그 쪼개진 시간 안에서는 각각 동정일여의 상태를 지속할 수 있기 때문이다.

(17) '강아지는 개가 아니다.' 강아지와 개는 실제적으로는 같다고 할 수 있겠지만 개념상으로는 다르기 때문이다. 따라서 강아지와 개는 같으면서도 같지 않은 것이다.

(18) '누런 말 한 필과 검은 소 한 필을 합치면 셋이 된다.' 누런 말과 검은 소는 동물로는 같은 한 개념을 이루므로 이것을 한 단위로 생각하고, 거기에 말과 소를 합치면 셋이 되기 때문이다.

(19) '흰 개는 검다.' 만물제동의 견지에 보면 옳은 말이다. 흰 것과 검

은 것의 차이는 원래 없기 때문이다. 따라서 흰 것은 검은 것이고 검은 것은 흰 것이 된다.

(20) '어미 잃은 망아지는 어미가 있은 적이 없다.' 어미 소와 망아지가 있는 것은 시간을 쪼개서 현재만을 보기 때문이다. 과거 현재 미래는 원래 하나라는 것을 깨닫고 나면 어미 소와 망아지의 차이는 사라지고 만다.

(21) '한 자짜리 채찍을 하루에 반씩 잘라 가다가 보면 영원히 다할 때는 결코 오지 않는다.' 이 우주에는 원래 시작과 끝이 없기 때문이다. 따라서 극소와 극대는 원래 하나인 것이다.

당시의 궤변학자들은 이런 말을 혜시와 주고받았지만 그들의 논의는 끝이 없었다. 환단(桓團), 공손룡(公孫龍) 같은 궤변학자들은 이런 궤변으로 사람들의 마음을 현혹시켜 갈피를 잡을 수 없게 만들어 놓았다.

그들은 이론으로는 남을 제압할 수 있었지만 마음으로부터 굴복시키지는 못했다. 궤변학자들의 한계가 여기에 있었다. 혜시도 자기의 지혜를 다해 이들과 논쟁했는데 주로 천하의 궤변학자들과 괴상한 이론을 전개한 데 그쳤다. 이상이 그 개요다.

〈해설〉

장자와 같이 진정으로 무위자연, 만물제동, 생사일여의 진리를 체득한 것이 아니고 혜시는 그 겉껍질만 핥는 데 그쳤으므로 이들 궤변학자들의 논리는 듣는 사람들에게 깊은 깨달음을 줄 수 없었던 것이다. 이것이 그들의 어쩔 수 없는 한계였다.

22

그러나 혜시의 말투에 따르면 자기가 빼어난 현인으로 자처하고 있는 것 같았다. 그는 말했다.

"천지는 얼마나 장대하냐?"

다시 말해서 자기의 말이 그렇게 위대하다는 소리다. 그러나 혜시는 긍지만 클 뿐 도는 지니지 못한 사람이었다.

이런 얘기가 있다.

남쪽에 황료(黃繚)라는 기인(奇人)이 있었다. 그는 왜 하늘은 떨어지지 않고 땅은 꺼지지 않으며, 풍우와 우레는 왜 생기는가? 하고 의문을 품었다. 이것은 보통 중대한 문제가 아니었건만 혜시는 사양하는 법도 없이 이에 응답하여 멋대로 지껄여댔다.

그는 지칠 줄 모르고 천지만물에 대하여 입에서 나오는 대로 떠들어댔다. 그래도 부족했던지 괴상망측한 학설을 이것저것 추가했다. 그는 이처럼 인정에 역행하는 것을 진실이라 하고, 남을 이기는 것을 명예로 아는 사람이었다. 그러기에 세상 사람들과는 잘 조화가 유지되지 않았다.

그는 자기 덕을 기르는 데는 약한 주제에, 외부의 사물을 추구하는 데는 지나칠 정도로 몰두했다. 그가 걷는 길은 편협했다. 도의 견지에서 볼 때 마치 한 마리의 등에가 애를 바둥바둥 쓰는 것과 다름없었으니 세상에 대해 무슨 도움이 되겠는가. 이처럼 아무 도움도 안 되는 그의 학문이긴 하지만 그래도 하나의 학파로서의 존재 가치는 있었다.

나는 이렇게 말하고 싶다.

'그의 학문이 근원적인 도를 더 존중하게 된다면 훨씬 더 나아졌을 것이

다.'

그러나 혜시는 그런 견지에는 안주하지 못하고 본래 하나인 만물에 논리적인 분석만 해 나간 결과, 궤변의 대가라는 명성만을 얻은 데 그쳤다. 아까운 일이다. 혜시 같은 재주를 가지고도 엉뚱한 궤변에 현혹당하여 정말 귀중한 도를 얻지 못하고, 외물에 끌려 진리의 본원으로 돌아올 줄 모르다니!

이야말로 '소리쳐서 울림을 잡으려 하고, 형태로 그림자와 경주하는 격이다.'

슬픈 일이다.

〈해설〉

여기 나오는 혜자에 대한 논술은 사마표(司馬彪)의 53편본 『장자』에 들어 있던 혜시편(惠施篇)과 합쳐진 것으로 보인다. 당시의 논리학을 이해하는 데 귀중한 자료가 될 수 있을 것이다.

장자 번역을 마치고

이것으로 보통 책 세 권 분량에 해당하는 『장자』 내편, 외편, 잡편의 번역을 전부 다 끝낸다. 장자의 가르침의 핵심을 이루는 것은 두말할 것도 없이 만물제동, 생사일여, 무위자연 세 마디로 요약할 수 있다. 만물제동, 생사일여에 대해서는 독자들도 별 이의가 없을 것이다.

그러나 내편에 나오는 무위자연에 대해서는 아무래도 독자 여러분에게도 납득이 안 가는 구석이 있었을 것이다. 이것은 필자도 마찬가지이다. 그러나 외편과 잡편을 읽어 가는 동안에 이 의문점은 대부분 해소되었을 것으로 본다.

내편에서 장자는 자연을 존중했지만 그것은 운명을 의미했다. 그 자연 즉 운명이란 무엇인가? 그것은 인간의 내부에 있는 것이 아니라 외부에 있는 것이었다. 이렇게 운명을 인간의 바깥에 있다고 보는 한, 그것이 아무리 인격신이 아니고 그 밖의 어떤 존재도 아닌 무라고 해도, 사람과 운명(자연) 사이에는 어쩔 수 없이 거리가 생겨나지 않을 수 없게 될 것이다.

그러나 이러한 거리를 자주적으로 전환시켜 자연(운명)은 기실 우리들 내부에 있다고 갈파한 것이 외편과 잡편이 이룩한 크나큰 성과다. 인간의 본성을 문제 삼은 이러한 주장은 확실히 장자 본래의 사상을 진일보시킨 것이다.

자연 즉 운명이 바깥에 있다고 본다면 자연을 따른다고 할 때 그것은 틀림없이 운명에의 순종이라고 밖에는 볼 수 없다. 그러나 내 속에 있는 운명도 자연도 본성의 일부로서 갖추어진 것이라고 볼 때 자연이나 운명을 따른다는 것은 내 본성대로 산다는 의미가 된다. 이것은 타력으로부터 자력으로의 일대전환이라고 하지 않을 수 없다.

이렇게 된다면 우리가 당하는 모든 역경을 운명이나 자연의 탓으로 돌릴 필요가 없게 된다. 우리가 당하는 모든 것이 자업자득이요 인과응보라고 생각할 수 있고, 우리의 의지여하에 따라 우리의 운명을 스스로 바꿀 수도 있고 새로이 개척할 수도 있다는 것을 깨닫게 된다.

이렇게 방향을 크게 바꾼 장자학파는 자기의 본성과 본성 아닌 것을 구분하게 되었다. 외물 사상이 바로 그것이다. 사람이 외물에 끌리면 본성과도 멀어진다고 보았다. 부귀영화도 명성도 권력도 그리고 모든 감각적인 것들과 인의 같은 유교의 덕목들도 외물로 보았다. 이러한 외물들을 말끔히 제거한 뒤에야 자연스런 본성이 나타난다고 보았다.

위에 말한 바와 같이 타력에서 자력에로의 일대변신을 이룩한 후 장자학은 동아시아 고유의 선종, 특히 간화선(看話禪)과 1천7백 개의 공안(公案, 화두) 성립에 절대적인 영향을 끼쳤다는 것은 이미 누누이 말해 왔으므로 여기서는 생략하겠다.

장자는 언어와 문자를 별로 존중하지 않았다. 깨달음의 세계는 언어와 문자로는 도저히 표현할 수 없다는 것이다. 이러한 그의 사상은 선종의 불립문자(不立文字) 직지인심(直指人心)에도 큰 영향을 끼쳤다.

그렇다면 침묵만이 깨달음에 도달할 수 있는 길이란 말인가? 그럼 침묵이란 무엇인가? 그것은 언어와 대립하는 개념이다. 그렇다고 해서 침묵만으로 진리를 파악할 수 있는 것도 아니다.

그러므로 잡편 '칙양'에는 비언비묵(非言非默), 즉 언어를 쓰되 그 언어에 얽매이지 않는다고 하였다. 다시 말해서 진리란 언어에도 침묵에도 다 같이 묶이지 않는 자유자재한 표현 속에서만 획득될 수 있는 것이다.

어쨌든 간에 장자는 그 웅대하고 장쾌한 스케일과 자유분방한 상상력과 웅혼무비한 필치와 타의 추종을 불허하는 기발한 착상으로 영원히 전 세계의 독자들을 사로잡을 소중한 인류 공동의 정신 유산이다. 『장자』를 다 읽은 독자라면 이 사실만은 아무도 부인하지 못할 것이다.

저자 약력

경기도 개풍 출생
1963년 포병 중위로 예편
1966년 경희대학교 영어영문학과 졸업
코리아 헤럴드 및 코리아 타임즈 기자생활 23년
1974년 단편『산놀이』로《한국문학》제1회 신인상 당선
1982년 장편『훈풍』으로 삼성문학상 당선
1985년 장편『중립지대』로 MBC 6.25문학상 수상

저서로는 단편집『살려놓고 봐야죠』(1978년), 대일출판사, 민족미래소설『다물』(1985년), 정신세계사, 장편『소설 한단고기』(1987년), 도서출판 유림,『인민군』3부작(1989년), 도서출판 유림,『소설 단군』5권(1996년), 도서출판 유림, 소설선집『산놀이』①(2004년),『가면 벗기기』②(2006년),『하계수련』③(2006년), 지상사,『선도체험기』120권(1990년~2020년), 도서출판 유림 및 글터,『약편 선도체험기』30권(2021~2024), 글터,『한국사 진실 찾기』2권(2024), 글터 등이 있다.

구도자를 위한 번역 선집 4 장자 잡편

2026년 3월 20일 초판 인쇄
2026년 3월 30일 초판 발행

지 은 이 김 태 영
펴 낸 이 한 신 규
본문디자인 안 혜 숙
표지디자인 이 은 영
펴 낸 곳 글터
주   소 05827 서울특별시 송파구 동남로 11길 19(가락동)
전   화 070 - 7613 - 9110 Fax 02 - 443 - 0212
등   록 2013년 4월 12일(제25100 - 2013 - 000041호)
E-mail   geul2013@naver.com

ISBN   979 - 11 - 88353 - 84 - 2   04810   정가 20,000원
ISBN   979 - 11 - 88353 - 80 - 4(세트)